致青春 031

時光微微甜

〈上〉

酒小七　著

高寶書版集團

目錄
CONTENTS

第一章

姓名：向暖

性別：女

科系年級：經管學院２０ＸＸ級本科生

學號：ＸＸＸＸＸＸＸ

申請原因：我對電子競技抱有極大的興趣和熱情，希望在初入大學時能夠加入電競社，與電競社的夥伴們一起成長。請給我這樣一個機會，謝謝！

玩過的電子遊戲：奇蹟暖暖

沈則木掃了一眼面前的申請表，提筆打了個鮮紅的叉，扔在一旁。那裡，被打叉的申請表已經積了厚厚一疊。

歪歪坐在他旁邊，一邊翻看雜誌，時不時掃一眼埋頭工作的沈則木。看到向暖的名字時，歪歪伸手拿起那張申請表，屈指輕輕彈了一下，呲牙一笑：「這個人我們必須收。」

沈則木低著頭，漫不經心的樣子說：「嗯？」

「少年，事到如今我不得不告訴你一個祕密了。」

沈則木看了他一眼。

「那就是——長得好看的人活該心想事成。哪怕她唯一玩過的遊戲是個少女變裝秀，她也可以在我們電競社享受到女神般的待遇。」

沈則木非常不贊同地搖頭，俊朗的眉輕輕皺了一下。「我不同意。」

「呵、呵、呵，沈則木同學，需不需要我提醒你電競社的社長是我？怎麼樣，現在是不是特別後悔當初因為嫌麻煩不願當社長？」

沈則木擱下筆並起身。「隨你便吧。」說完向外走。

歪歪樂呵呵地看著他挺拔的背影說：「週四別忘了社團要開會喔！」

※　※　※

向暖收到電競社的通知資訊時，笑得春心蕩漾。

終於，她離沈則木又近了一點。

認識沈則木還是新生報到那天，向暖走錯路，不小心闖進男生宿舍，沈則木很有耐心地把她帶到她的宿舍，還幫她拿了鑰匙。

天氣有點熱。她走在他身後，看著他一手拉著她的紅色行李箱，另一手隨意垂著。視線往上，她看到他漆黑俐落的短髮和沁著薄汗的後頸。

不知道是不是因為羞愧，她全程心跳都有點快。

後來打聽到沈則木是大三學長，電競社的社員。

所以就有了現在這個抱著手機傻樂的懷春少女。

週四這天，向暖特地穿了直男們最喜歡的白裙子，柔軟的長髮垂在肩頭。來到會議室，她才發現電競社的女孩比想像中還多，大概占了總人數的三分之一，且一個比一個漂亮。

這麼多漂亮女孩，不會都是衝著沈則木來的吧……嗚嗚，壓力好大。

今天的會議內容是迎接新同學。新人一個個自我介紹，輪到向暖時，她有點緊張，不小心絆了一下，於是更緊張了，忍不住看向沈則木。

恰好這時沈則木也看了她一眼。他靠在椅子上，姿態有些慵懶，眉眼疏淡。就這樣猝不及防地，她和他的目光在空氣中交會，向暖的大腦一片空白。

時間彷彿停止了，向暖隱約聽到有人在笑。

歪歪社長見她憋得滿臉通紅，帶頭鼓掌道：「向暖加油！」

向暖有些感動。

又有些沮喪。因為……沈則木好像已經不認得她了……

好吧，認真說來他們也就只有那一面之緣，他不記得她純屬正常。

會議接近尾聲時，歪歪社長讓大家都加入了社團的微信群組。向暖在群裡找到沈則木，加他好友。

意外地，對方很快就接受了好友申請。

還沒來得及雀躍，她就聽到身邊兩個女生低呼：

「他加我了！加我了！」

「我也是我也是，學長好好喔！」

向暖恍然，想來沈則木也沒仔細看申請者是誰，來者不拒。

散會後，向暖幫學長們收拾了一下會場，於是留在最後才走。走到活動中心門口，她聽到歪歪問沈則木：「你等一下要做什麼？」

「去自習室念書。」

「都這個時間了去什麼自習室？走了，我們回去開黑。」

沈則木沒搭理他，騎車走了。

向暖一臉好奇寶寶的樣子，問歪歪：「社長，開黑是什麼意思啊？」

「就是幾個人坐在一起打遊戲。」

「喔喔，社長你們玩的是什麼遊戲啊？」

「王者榮耀。妳要不要來玩？學長帶妳。」歪歪呲牙一笑，笑得像朵大菊花。

王者榮耀。

※　※　※

向暖很高興又掌握到關於沈則木的重要資訊，回到寢室後，她立刻下載安裝了這個遊戲。

歡迎來到王者榮耀！

隨著這句鏗鏘有力的話，系統自動進入新手指引教程。向暖隨著新手指引玩了一會兒，感覺雖然迷迷糊糊的，但是看起來還挺簡單？

很快，她就發現沒那麼簡單了。新手教程告一段落，她進入真實的玩家對戰，被人家打得七零八落，死了一次又一次，而且每次都是死得不明不白……

「什麼鬼嘛！」

向暖氣得扔掉手機，可是一想到這是沈則木鍾愛的遊戲，她又忍不住撿起手機。

她不甘心地又點了一局遊戲。

這次，她發現沈則木在線上。

咦咦咦，男神竟然在線上，男神的名字下面竟然有個「邀請」的小按鈕，這完全就是在邀請她點嘛！

向暖好激動，小心翼翼地戳了一下「邀請」。

然後就是心情忐忑地等著對方回應。

沈則木同意了。

哇啊，好幸福！\(^o^)/~

一進遊戲，向暖非常狗腿地和沈則木打招呼。

是暖暖啊：學長好~

澤木：……

澤木：你不是歪歪？

是暖暖啊：呃，我是向暖啊……

澤木：我點錯了。

向暖：啊？那怎麼辦？能退出去嗎？

當然不能……

沈則木有點無語。歪歪那傢伙在幫人練號，非要纏著他一起組隊，他答應之後看到組隊邀請，沒怎麼看就點了同意，結果竟然點錯了。

算了，錯就錯吧，遊戲都開始了。

至此，沈則木的心情還是平穩的。

然後他見證了隊友們瘋狂、匪夷所思的送死行為。

沈則木有些煩躁了。忍了一會兒，他終於忍不住了，開啟嘲諷。

澤木：小學生？

初晏：哥哥姊姊們好，我今年上二年級了。

澤木：……

在那之後，沈則木發現自己的容忍度變高了。畢竟是國家的棟樑，不好罵小孩子，算了，就當作倒楣吧。

連帶對剩下幾個人也沒再嘲諷。

這一場亂糟糟的戰鬥當然是以失敗告終，沈則木再厲害也很難帶動一群豬隊友。

退出遊戲後，他收到微信訊息。

是暖暖啊：學長你好厲害啊！

微信名和遊戲名一樣，倒省得他辨認。

過了一會兒，她見他沒回覆，又傳了訊息。

是暖暖啊：對不起，學長，我是不是太菜了……

明知道對方希望聽到的是安慰，但沈則木被她逼得一陣煩躁，於是非常實事求是地說：那個小學生都比妳強。

小學生都比妳強。

這話簡直像暴雨梨花針一樣全方位多角度打擊著向暖，她灰心喪氣地回了個「喔」。

聊天就此終止，她切回到遊戲，看著剛才那局的戰績總結，那個ＩＤ名「初晏」的小學生評分確實比她高那麼一滴滴……

點開小學生的頭像，本來想查看對方資料，可是手一抖，點了加好友。

對方很快地接受申請。

一想到自己不如小學生，向暖心裡就有那麼點酸楚。她看了時間，都快十一點了，於是酸溜溜地傳訊息給小學生。

是暖暖啊：小學生，怎麼還不去睡覺，你爸媽都不管你嗎？

初晏：我不是小學生。

是暖暖啊：你自己說你上二年級的。

初晏：喔，大學二年級。

是暖暖啊……

是暖暖啊：你好無恥啊！竟然裝小學生！是不是覺得裝成小學生，別人就會很快原諒你？

嗚嗚嗚，怎麼這麼無恥呢……

初晏：你好吵。

是暖暖啊：還不是因為你無恥。

初晏：要不要一起玩？

是暖暖啊：我為什麼要和你一起玩？

初晏：我需要一個比我還菜的，轉移注意力。

是暖暖啊：走開！

初晏果真傳來了組隊邀請。向暖本來想按拒絕，但是她猶豫了一下。沈則木說她不如初晏，現在不正是翻身的機會嗎？

於是向暖按了同意。她就不信，來看看到底誰才是最菜的！

以防萬一，向暖一進遊戲就在己方頻道敲了一行字——

是暖暖啊：哥哥姊姊們好，我今年上一年級啦！

初晏：……

她這句話很快就引來隊友的回應。

豌豆TV虎哥：呿！小學生？

豌豆TV虎哥：小學生掛機別出來，拜託了，我在直播一百連勝。

豌豆TV虎哥：爸爸給你跪下了。

初晏：小學一年級打字可真快。

豌豆TV虎哥：咦？

豌豆TV虎哥：不對，不可能這麼快，小學一年級才幾歲。

豌豆TV虎哥：可惡！老子差點被你騙到！裝什麼小學生！

是暖暖啊：咳。

豌豆TV虎哥：果然！果然是在裝小學生！

是暖暖啊：對不起……

豌豆TV虎哥：天啊，我第一次見到這種髒套路。臭不要臉！

是暖暖啊：QAQ

初晏：無恥喔。

第二章

此時的向暖還非常單純地一心只想捶死初晏。

她尚且不知道自己裝小學生的行徑被多少人圍觀了。

第二天上午，向暖只有一堂課。她下課後去了圖書館，高數課本翻開後用筆袋壓住，作業紙擺好，從筆袋裡挑了一支最好用的簽字筆。

然後開始用手機上網，搜尋「王者榮耀攻略」。

向暖始終認為自己是有潛力的，之所以打不好這個遊戲，完全是因為不夠熟悉。

也不知道她從哪來這股強大的自信，大概是奇蹟暖暖百分之九十以上的服裝收集度賦予她的。

她的室友閔離離就坐在她旁邊，此刻正在看一本名叫《名草有主》的小說。閔離離有一張人人羨慕的巴掌臉，鼻梁上架了一副大眼鏡。這時閔離離一邊看書一邊笑，看了一陣子，轉頭想看看向暖在做什麼。

「怎麼又是王者榮耀，暖暖妳走火入魔啦！」閔離離忍不住吐槽，習慣性地推了一下她的大眼鏡——那眼鏡真是太大了，彷彿是訂做給大象的。

向暖：「嘿嘿，嘿嘿嘿。」

「……」說實話，閔離離感覺到一絲驚恐。

向暖發現一個好玩的軟體叫王者榮耀助手，裡面真是包羅萬象，應有盡有。她安裝好軟體後，隨意瀏覽各板，沒急著看攻略，而是找到了八卦專欄。

八卦專欄今日的置頂推文是——

王者榮耀防噴新套路？學了這招，再也不怕被隊友罵了！

哇，這真是她非常迫切需要的，於是她非常迫切地點進去。

這篇文章講的是在一個叫「豌豆TV」的直播平臺，有一個叫虎哥的主播。虎哥為了吸粉，辦了個直播一百連勝的活動，如果連勝中斷就抽獎送大禮包。昨天一百連勝的第一場，虎哥遇到一個自稱小學生的隊友，不過很快就被機智的虎哥揭穿了。這個過程有一萬三千人同時在線上觀看。

虎哥與他的直播間粉絲一致，認為這個叫「是暖暖啊」的玩家裝小學生是因為自己會扯後腿又怕被隊友指責，而在之後的戰鬥中，「是暖暖啊」的戰績慘不忍睹，也同樣佐證了這個觀點……

向暖沒看完就退出，然後退訂了八卦專欄。

嗚嗚嗚，怎麼會那麼巧嘛！

她現在尷尬得不得了，臉微微發燙。

閔離離好奇極了，問道：「玩遊戲玩得臉這麼紅？暖暖妳玩的是色情遊戲嗎？」

「不是……」

※　※　※

中午向暖在學生餐廳偶遇了沈則木。

她當時正在和閔離離排隊買糖醋里肌。向暖喜歡吃糖醋里肌裡面的鳳梨，閔離離喜歡吃里肌。向暖擔心糖醋里肌被搶光，站在隊伍尾端伸長脖子一個勁兒地看，突然就聽到身後有人叫了她一聲：「向暖。」

她回過頭，看到歪歪社長以及他旁邊的沈則木。

「社長好。」她笑著跟歪歪打了招呼，目光好似不經意轉向沈則木，又飛快地躲開，小聲說了句：「沈學長好。」

周圍環境嘈雜，也不知他有沒有聽到。

沈則木輕輕歪了一下頭，像是忽然想起了什麼。「小學生？」

向暖：＝＝

男神你竟然看八卦版，你怎麼可以看八卦，這不符合你的氣質好嗎！

「演技需要磨練。」沈則木又補了一句，看著向暖一臉像吃到蒼蠅的表情，他感覺有點滿意。

他對向暖倒是沒太大意見，在一場遊戲中扯後腿而已，不至於結仇。只不過呢，看著害別人的人自食惡果，這總歸是件讓人心情舒暢的好事。

沈則木端著餐盤，邁開長腿慢慢走著，尋找座位。歪歪跟在他身旁，有些不確定地問他：「『小學生』是新的撩妹流行語嗎？」

「不是。」

「我就說嘛，向暖哪裡像小學生，明明是女神。」歪歪自言自語，想起一件事，於是輕輕碰了碰沈則木的手臂，笑道：「我聽說向暖也在玩王者榮耀，怎麼樣，有沒有興趣帶她？」

「如果每個社員都需要我帶，我早就累死了。」

「她不一樣，她那麼漂亮。」

「所以？」沈則木說出這兩個字時，不以為意地挑了一下眉。

歪歪突然想到，沈則木從來不缺美女的追求，所以長得漂亮在沈則木這裡還真沒辦法成為帶妹的理由……

想想沈則木美女環繞，再想歪歪五指相依，內心禁不住湧起一陣酸楚。於是他酸溜溜地挖苦沈則木：「那麼多漂亮女生倒追你，怎麼從來沒見過你談戀愛？我知道了，你喜歡男人對不對？哈！哈哈哈！」

沈則木眼尾一挑，斜斜地瞥了他一眼。

一個眼神把歪歪嚇得一抖。「你……不會是想對兄弟我下手吧？」

「就算愛男人我也是會挑的，你這種我還真下不了手。」

歪歪感覺自己受到羞辱。他停在原地，一臉悲憤地看著沈則木遠去的背影。

「喂！絕交啊！」

兩個直男絕交了一個下午，到晚上就復合了。

※　※　※

晚上向暖再登入遊戲時，發現有好多微信好友邀請她一起玩。

向暖對閔離離說：「難道他們發現了我菜鳥外表下的絕佳天賦？看來是很有眼光的。」好驚喜喔。

閔離離哭笑不得。「拜託妳照照鏡子好不好，他們就是衝著妳絕佳的外表來的，目的很單純，不要懷疑。」

向暖覺得不可能所有人都這麼膚淺。

正這麼想著，又收到一個組隊邀請。

看到是歪歪社長，她連忙點了同意。

進隊伍之後才發現沈則木也在。她看著他的ＩＤ，輕輕呼了口氣，心跳都變快了。

然後想到中午的事，又有點尷尬。

沈則木始終不發一言，彷彿又不認識她了。

向暖今晚的表現和昨晚沒什麼差別，不是在送死，就是在送死的路上。閔離離一邊看書，一邊時不時地瞟一眼向暖的手機螢幕。過了一會兒，閔離離說：「暖暖妳怎麼不把螢幕調亮一點？」

向暖解釋：「那是因為我死了，死了螢幕就暗下來，等復活就好了。」

閔離離說：「喔喔，我就沒看到妳螢幕亮過。」

「哎呀，妳這個人會不會聊天？」向暖好尷尬，推開她的小腦袋。

歪歪和沈則木搭配著開啟了屠殺模式，向暖看著螢幕上不斷刷新的友軍擊殺資訊，再看看自己的戰績，非常不好意思，於是在隊伍頻道說了一句話。

是暖暖啊：對不起，我又扯後腿了。QAQ

歪啊歪：沒關係，妳負責賣萌就好。:D

向暖看著這句話，突然一陣挫敗。她低著頭，長長地嘆了口氣。

閔離離說：「妳怎麼了？妳這語氣彷彿農民伯伯眼看著自己一年的收成全被豬糟蹋了……妳需要這樣嗎？」

「妳說，是不是在別人眼裡，我永遠只能是個廢柴花瓶？」向暖問她。

「妳知足吧。大部分人只能做到廢柴，而妳至少是個花瓶。」

「妳真的好會安慰人喔。」向暖如此吐槽。

一局遊戲結束，向暖躺著贏了。歪歪社長又發來組隊邀請，她點了拒絕。

然後傳了訊息給歪歪：謝謝社長帶我，這遊戲我還不熟悉，我想先自己研究一下。^o^

宿舍裡，歪歪看著向暖傳來的訊息，摸著下巴想了一下，對身旁的沈則木說：「我怎麼覺得向暖不太高興啊？」

沈則木有點不耐煩地說：「下次帶妹不要扯上我。」尤其不想看到那個小白。

歪歪斜著眼看他，一臉冷漠。「你說，是不是你得罪她，讓她不高興？」

「我可一句話也沒說。」

沈則木打發了歪歪，退出遊戲。他想了想，翻找到昨晚和小白的聊天紀錄。

『對不起，學長，我是不是太菜了……』

『那個小學生都比妳強。』

『喔。』

——好像是有點過分？

沈則木猶豫了一下，不知是否該對她說聲抱歉，但猶豫只持續了一秒，他便放棄了這個念頭。

他寧願留下刻薄無情的印象。

因為，清淨。

※　※　※

另一方面，向暖拒絕了歪歪的組隊邀請後，心情有點低落。她無聊地滑著好友名單。

遊戲的好友名單是按照實力排名，向暖的實力在好友當中墊底，是最後一名。而倒數第二名，則是昨天那個無恥的初晏。

初晏現在也在線上。

向暖傳了訊息給他。

是暖暖啊：晚安，小學生。

初晏：小學生，晚安。

是暖暖啊：要一起玩嗎？

初晏：好。

是暖暖啊：果然，小白就該和小白一起玩。

初晏：你說誰是小白？

是暖暖啊：你～啊～

她傳這兩個字時，漂亮的眼睛瞇起來，笑容有點壞。

閔離離偷偷瞄了她一眼，自言自語：「笑得這麼淫蕩，還說不是色情遊戲。」

初晏那邊一陣沉默，向暖以為他這麼容易就受傷了。

過了一會兒，他回答：我第一次玩這個遊戲。

是暖暖啊：好巧喔，我也是第一次。

是暖暖啊：那讓我們一起從菜鳥走上巔峰吧！加油！

初晏：好吧。

呵，你還挺勉強啊……

兩人一起組隊。雖然向暖依舊花式送死，但她這次心情很放鬆，完全沒有面對沈則木時的那種壓力。

打了幾場，初晏突然跟她要微信帳號。

是暖暖啊：我才認識你第二天，我覺得我應該矜持一下。

初晏：只是傳張圖片。

是暖暖啊：好吧。

兩人加了微信，初晏的圖片立刻傳來了。

向暖好奇地點開圖片。

圖片是一隻胖貓穿著清宮皇帝那種造型的小衣服蹲坐著，一隻前腳摟著一把摺扇，另一隻前腳搭在人類的手腕上。貓的表情嚴肅無比，看起來十分霸氣外漏。

貓臉旁邊的文字是：扶朕起來，朕還能送。

向暖氣得鼻子都歪了，回了他一句「你去死吧」就刪了他的微信。

初晏竟然厚顏無恥地又申請加她。

拒絕。

再申請。

再拒絕。

回到遊戲，向暖看到這傢伙的留言。

初晏：別鬧了，加回來。

初晏再次申請加她微信好友時，她考慮到自己是個溫柔又大度的淑女，這次同意了。

加了好友之後，她有點好奇地點開這傢伙的朋友圈。

初晏的朋友圈……呃，有點一言難盡啊……

第三章

以下是初晏的朋友圈節選。

十月十二日：連續吃一星期的饅頭榨菜是什麼感受。（配圖：饅頭）

十月八日：餓，想搶。（配圖：流浪貓在吃烤香腸）

九月二十六日：沒錢買新的，自己縫一下。（配圖：T恤上的破洞）

向暖看得眼睛都直了。炫富的朋友圈她見多了，炫窮的還是頭一次遇見。而且從初晏的語氣來看，他似乎對貧窮也沒什麼尷尬或無奈的負面情緒，反而……挺自豪的？

這是從哪個星球來的奇葩啊……

向暖好奇得很，好想問問初晏在搞什麼，但這是人家的私事，她只是一個才認識兩天的網友，也不好打聽太多，於是按捺住這股衝動，面無表情地切回到遊戲。

遊戲裡，初晏對向暖說：明天我有事，你自己玩。

向暖心想明天週六，初晏這麼窮，大概是要做什麼兼職，於是回應：好喔。

初晏又說：明天你自己在人機模式練習，不要組隊了。

是暖暖啊：為什麼？

初晏：少禍害幾個人，當積德。

是暖暖啊：……你去死。

向暖是有一點心虛。自己組隊確實會被隊友罵，和初晏在一起，雖然同樣被別的隊友罵，但至少讓她有種不孤單的感覺……QAQ

兩人打遊戲打到十點多，向暖問初晏：你明天打工不用早起嗎？

初晏：我沒有打工。

咦？

向暖有點困惑，問初晏：那你明天要做什麼？

初晏：賺實踐學分。

是暖暖啊：那你……

你日子怎麼過啊……她好想這樣問，但又擔心太冒犯。

初晏：我怎麼了？

是暖暖啊：沒什麼。

初晏：稍等，我拿宵夜。

是暖暖啊：羨慕有宵夜吃的人。

初晏：餓嗎？

是暖暖啊：餓。

初晏：想不想吃小龍蝦？

是暖暖啊：想……

初晏：我馬上就可以吃了。

是暖暖啊：哈哈，我服了你。你的小龍蝦是不是長得白白胖胖的，配上榨菜吃？

初晏：……

初晏好幾分鐘沒回覆，正當向暖以為他生氣了，他便傳了張圖片過來。

火紅的小龍蝦擠在餐盒裡，半個身體浸泡在湯汁中，色澤鮮亮，看著就讓人流口水。

尤其是在這樣的深夜。

向暖一半是眼饞一半是困惑，不自覺地舔了舔嘴唇，問初晏：你既然有錢買小龍蝦吃，為什麼要在朋友圈說自己天天啃饅頭？

初晏：發好玩的。

※　※　※

林初宴靠在寢室的椅子上，單手握著手機，傳完那三個字時，他抬起頭，看到自己剛拿上來的小龍蝦已經消失了好幾個。

寢室那幫人簡直是一群餓狼。

林初宴：「留一點給我。」

在搶食物這方面，林初宴一直是弱勢——他吃東西太慢了。

鄭東凱左右開弓，吃得嘴唇都紅了，一邊吃一邊問林初宴：「你怎麼不多買一點？」

鄭東凱是林初宴的高中同學兼大學室友。他染著淺棕髮色，戴著狗牌般的項鍊，成天把自己打扮得花枝招展，企圖以此來吸引異性的目光。

這會兒林初宴沒理鄭東凱，低頭掃了一眼桌上的手機，看到「是暖暖啊」傳來一串省略號。

鄭東凱又說：「初宴，能不能借我一點錢？我這個月生活費花光了。」

「好啊，等我明天去捐個精。」

「咳咳咳。」鄭東凱嗆到了，一陣狂咳，咳完了，他拍著胸口說：「不用了，你的身體比較重要。」

另外兩個室友——毛毛球和大雨，也是一臉被噎到的表情。

過了一會兒，鄭東凱悠悠地嘆了口氣，一臉悲傷地說：「好懷念高中時能跟你借錢的日子。」

林初宴也有點悲傷了。「同感。」

高中時，他的錢像自來水一樣，擰開就花，怎麼花都花不完。

現在呢……唉。

正在感傷時，他突然聽到走廊上有人喊了一句：「打麻將三缺一，有人要來嗎？」

林初宴動作飛快地拉開門，朝著走廊說：「算我一個。」

「林初宴？」

「對，是我。」

「滾！！！」

「……」

林初宴感覺更憂傷了。

他上個學年打麻將很順利，贏了很多生活費，這學期……就被全校的麻將愛好者抵制了。據說鬥地主愛好者聽到風聲，也已經對他下了不公開的封殺令。

鄭東凱說：「初宴，不然你就去打工吧。」

「你怎麼不打工？」

「我爸媽又不會為了鍛鍊我獨立生活的能力而斷了我的生活費，哈哈哈哈……」鄭東凱說著又開始幸災樂禍了。兄弟歸兄弟，林初宴平時靠一張臉就吸引了太多女生的目光，導致鄭東凱不管怎麼另闢蹊徑都逃脫不了單身的厄運，所以他心裡還是有點怨念的。

毛毛球和大雨的心態大概也是如此，所以被逗笑了。

三個男生圍在一起笑，那個場面有點猥瑣。

林初宴從筆筒裡抽出一把剪刀，問他們：「我的剪刀好看嗎？」
「什麼意思……」
「你們，幫我剝蝦。」
「哈哈，我們要是拒絕呢？」
「等你們睡著了，我幫你們剪雞雞。」
「什麼鬼，你以為我們會信嗎？哈哈哈哈！」
「呵。」
林初宴的長相精緻秀氣，是氣質乾乾淨淨的美少年。現在在白色燈光的映襯下，他的臉龐也顯得蒼白，臉部的光和影對比強烈，像烈日下的寂靜山巒，一雙眼睛又黑又亮，彷彿染上了異樣的光芒……乾淨美好的氣質不見了，反而有點鬼畜。
鬼畜少年牽著嘴角輕輕一笑，笑得唇紅齒白，邪性變態。
鄭東凱兩腿一軟，差點跪下。
哇靠，突然好害怕是怎麼回事！挺住挺住！啊啊啊不行啊雖然不相信但萬一呢……如果真有個萬一，雞雞就一去不復返了！
三個室友的內心反應差不了太多，於是他們像鬼上身一樣，動作非常一致地開始剝蝦。
最後林初宴慢悠悠地吃著室友進貢的蝦仁，一臉奇怪地說：「這種威脅都信？愚蠢。」
室友們：混蛋啊！ㄒㄒ＿ㄒㄒ

林初宴吃著蝦，見到手機螢幕亮了一下。「是暖暖啊」又傳了訊息給他。

是暖暖啊：你告訴我好不好？

初晏：？

是暖暖啊：到底為什麼要發那樣的朋友圈？好想知道。

初晏：你說一句「初神強，我投降」。

是暖暖啊：初神強，我投降。

初晏：做人要有氣節。

是暖暖啊：快說快說嘛。

初晏：發給爸媽看的。

是暖暖啊：我的天啊，你好無恥！你在爸媽面前賣慘博同情是為了多要點生活費對不對？

向暖看到這句話時，大腦裡「叮」的一下點亮了一個大燈泡。

好髒的套路！

初晏：沒有生活費。

是暖暖啊：哈哈，你騙鬼呢！我鄙視你！

初晏：真的。

是暖暖啊：編啊，繼續編。說實話，你演技真好，我第一次見到有人把厚顏無恥演繹得這麼淋漓盡致。佩服佩服。（抱拳）

初晏……

向暖覺得初晏無恥歸無恥，他確實是個很有頭腦的人。賣慘騙生活費這招，聽起來就十分可靠。

所以她也想試試效果。

她從初晏的朋友圈裡偷了一張拍得最好的照片，想了想，乾脆一不做二不休，連內容也一起抄襲了。

嘖嘖嘖，好想鄙視自己。

然而可能是因為太激動了，向暖發的時候忘了設置分組，所以這則朋友圈全部的人都可以看到。

她自己還不知道。

※　※　※

晚上十一點，沈則木寫好了今天的作業，從書桌前抬起頭。他一手握著水杯，一手拿起手機刷了一下朋友圈，恰好看到向暖這一則：

餓，想搶。（配圖：流浪貓在吃烤香腸）

噗——

沈則木不小心把水噴到了作業上。

那個女孩……沈則木仔細回想向暖的樣子，看外表挺文靜的，原來是個神經病。

第四章

早上，林初宴準時來到禮堂，學生會的人已經在跑前跑後地安排。今天晚上要舉行迎新晚會，白天是彩排時間。

學生會活動部長看到林初宴，滿意地笑道：「林初宴，你今天很帥嘛！」

「謝謝。」林初宴說著，低頭掃了一眼自己的行頭。白襯衫黑西裝，西裝上衣有點大，褲子有點短，這麼一穿，很像初入保險業的窮困實習生，不知道帥在哪裡。

就這身賣保險的行頭，也是借的。

好在西裝在校園裡並不常見，學生們對這種嚴肅正式的穿著包容度很高，類似於表演服裝……所以現在活動部長就沒看出什麼不妥。

活動部長說：「你的節目改了，改在最後一個，壓軸。」

林初宴覺得有點奇怪。「用鋼琴獨奏壓軸？」

「對。請對自己的魅力有信心。」

林初宴是無所謂，反正他只是為了賺實踐學分。

因為節目順序調整了，他彩排的出場順序也延後。百無聊賴地等待時，他請活動部長幫自己拍了全身照。

活動部長很懂的樣子，從下往上拍，恰好拍出了他的長腿。與此同時，那短了一截的褲腳也在所難免地進入鏡頭。

活動部長看著照片，搖頭說：「你這表情不對，看起來像個難民，我再幫你拍一張。」

「不用，這個很好。」林初宴相當滿意，把這張照片傳給了自己的媽媽。

媽媽很快就打一通電話過來了。一接通，劈頭就說：『你爸要我問你，是不是被騙進老鼠會了？』

「不是。我今晚表演節目，你們要來看看嗎？」

電話那頭一陣沉默，林媽媽似乎有點抱歉，說道：『我們……不過去了，今天是我和你爸的結婚紀念日。』

林初宴當然知道今天是他們的結婚紀念日。

他故意嘆了口氣，聽起來似乎有點委屈。「那我祝你們結婚紀念日快樂。」

電話那頭沒聲音了，林初宴猜測他們應該是在商量事情。果然，過了大約一分鐘，林媽媽說：『你爸爸說今天可以發一個紅包給你。』

「嗯。」林初宴應了一聲，低垂的睫毛輕輕動了一下。

林媽媽壓低聲音說：『我跟你說，紅包最多包一千人民幣啊，媽媽已經盡力了。』

「謝謝媽媽。」

如果林初宴討價還價，林媽媽可能不會覺得怎樣。現在他表現那麼乖，她就心軟了，想了一下後問：『你的衣服是哪來的？』

「跟班長借的。」

『表演就穿這套？』

「嗯。」

『節目是幾點？』

「晚上七點開始。」

『你這套衣服不合身，還給班長吧。我請人送一套過去給你。』

「好，媽，能不能幫我好好搭配一下？還有配飾。」

『嗯？』林媽媽感覺這要求很可疑。

林初宴頓了頓，像是有些難以啟齒，低聲說道：「臺下有女生看。」

『哈！』林媽媽感覺有點意外。『是不是戀愛了？』

「沒有。」雖然否認，聲音卻很小，彷彿透著心虛。

『我知道了，放心吧。我兒子那麼帥，隨便打扮都能讓女孩子神魂顛倒。』

「不要隨便打扮，要好的，衣服和手錶都要好的。」

『好了好了，知道了，媽媽做事你放心。』林媽媽很高興，聲音透著一股歡快。『有空把那個女孩的照片傳給我看看。』

林初宴沒說好也沒說不好。

※　※　※

媽媽做事果然可靠。下午，林初宴收到一套他以前穿過的訂製禮服，和一支寶格麗手錶。

林初宴把手錶取出來，掛在手掌上看了看，然後眼睛一瞇，笑了。

安坐在角落的美少年笑容清新純淨，彷彿春雨洗過的竹林，或是一幅寫意山水。活動部長感覺到自己詞彙量的匱乏，竟然無法淋漓盡致地形容眼前的美好。他走過去問：「林初宴，你愛男人嗎？」

「滾……」

※　※　※

星期六，向暖本來想在寢室打遊戲，閔離離認為她這是不務正業，拉著她去逛街了。秋天到了，夏天的衣服和涼鞋都進入打折區，向暖挑了一件小碎花露肩連身裙、一件黑色印花帶亮片的短袖上衣。這件短袖上衣的設計有點過分，印的是蝴蝶，翅膀上貼著很多不同顏色的亮片，簡直要閃瞎人的狗眼。向暖看一眼就特別嫌棄，可是布料摸起來感覺質地很好，就試了一下。

銷售人員說：「很多人試這件衣服，妳穿起來效果最好。」

向暖也覺得還好，沒有想像中那麼難以接受。重點是牌子不錯，品質好，價格還低。難得難得。

然後就進入殺價的環節。銷售人員試圖說服向暖說這件衣服她穿很好看，值得買走，結果閔離離來了一句：「那是因為她長得好看，身材也好，穿什麼都好看，跟衣服沒太大關係。」

銷售人員啞口無言，看著向暖膠原蛋白滿滿的臉蛋、漂亮靈動的大眼睛、能掐出水的白皙皮膚，以及包裹著牛仔褲的筆直修長的腿……真的，雖然生氣，但是無法反駁。

那件衣服確實放了挺久，很難賣，能穿出效果的都是長得非常好看的。

銷售人員說：「好了好了，妳長得好看，妳說了算。」

最後她們以低得令人驚喜的折扣買下了這件T恤。

向暖覺得自己占了好大的便宜，拍拍閔離離的肩膀說：「走，姊請妳！」

閔離離很高興。兩人來到五樓餐飲區，正糾結著要吃點什麼，閔離離眼尖，看到一家店在做活動，於是拉著向暖走過去。

這是一家新開的烤肉店，做活動的噱頭竟然和王者榮耀有關：

凡是王者榮耀遊戲玩家入店消費，可以根據其段位水準享受不同的折扣，最高可享五折。

王者榮耀這個遊戲，根據玩家比賽成績的累積，目前劃分為六個段位，最低是「倔強青銅」，最高是「最強王者」。除此之外，每個區的前一百名還能得到「榮耀王者」的稱號，簡直酷炫到了極點。

閔離離拉著向暖的手臂，很是雀躍地說道：「暖暖妳不是在玩這個遊戲嗎？我們可以打折耶！」

向暖拉住她的手腕說：「趕緊走，離開這裡。」

「為什麼啊？」

為什麼？因為只有最強王者才能享受五折優惠，而她只是個倔強青銅啊……最底層的菜鳥，入店消費只有九五折，形同虛設，自取其辱。

這個社會就是這樣壁壘森嚴。所以就算是為了吃到五折的烤肉，她也要早日升上最強王者！

那一刻，向暖的內心是相當糾葛的。

兩人正拉扯著，閔離離眼睛一亮。「咦？帥哥。」

向暖聞聲看去。呃，沈則木……？

稍微一想也就明白了。能吃到五折烤肉，為什麼不來？

和沈則木一同走過來的是一男一女。男的是歪歪，向暖認識；女生個子高挑，短髮，長得眉飛色舞的很有精神，現在也在打量向暖。

向暖邁著淑女步伐走上前和他們打招呼。

歪歪看起來很喜歡這樣的偶遇，熱情地跟向暖介紹：「這位美女是我們班的姚嘉木，和沈則木是雙木組合，哈哈哈。」

沈則木看了他一眼。

姚嘉木大大方方地和向暖她們打招呼。雖然這位學姊看起來熱情又可親，但向暖就是能從她的態度感受到一絲防備，這是女生獨有的直覺。

「妳們也來這裡吃？」歪歪問道。

沈則木聞言，看向立在店門口的宣傳展示架，迅速地掃了一下活動內容，最後視線停在最下方的「倔強青銅，九五折」這行字上。

向暖：＝＝

無聲嘲諷最為致命。

閔離離這個小傻子，聽到歪歪說「一起吃吧，我們能夠享受五折優惠」，立刻屁顛屁顛地跟上，完全不把自己當外人。

向暖無奈，只好跟在後面。

她確實很想親近沈則木，但並不是這樣的場合。

幾人入座後，一邊翻著菜單一邊聊天。歪歪問向暖和閔離離：「妳們今晚不去主校區看迎新晚會嗎？」

閔離離有點遺憾地說：「沒有，我們沒搶到票。」

南山大學有兩個校區，主校區在市內，向暖和沈則木所在的學院都已經搬到近郊的新校區。今晚的迎新晚會在主校區的禮堂舉辦，票量有限，不是每個新生都能搶到。

歪歪聞言安慰她們：「其實也沒什麼可看的，來回要坐兩個小時的車呢。」

「是啊。」

姚嘉木問向暖：「妳也玩王者榮耀嗎？」

「我剛開始玩，還不太會。」向暖有點尷尬，心想千萬不要問我段位。

「妳是什麼段位啊？」姚嘉木果然哪壺不開提哪壺。

向暖反問：「學姊妳是什麼段位？」

「我再贏一局就能升王者了，就等著沈大神帶我。」姚嘉木說著，朝沈則木眨了眨眼，那樣子有點俏皮。

向暖挺羨慕姚嘉木能這樣和沈則木互動，換作她就不敢。

除此之外，向暖還羨慕她的遊戲實力。「學姊妳真厲害！」

「哪裡哪裡，對面那個才厲害呢，榮耀王者。」

只有每個區的前一百名才有資格稱作榮耀王者。

向暖一臉崇拜的樣子看著沈則木，那表情不是裝出來的。

沈則木卻彷彿沒聽到她們的交談，低頭翻著菜單，從向暖的角度只能看到他端正的眉睫和鼻峰。沈則木問：「要吃什麼？」

姚嘉木跟他很熟，這會兒也不理他，自顧自地和向暖聊天：「向暖妳可以讓妳們沈學長帶妳，有他帶著升級很快。」

向暖說：「我不用人帶，早晚有一天我會自己打到王者。」

沈則木眉峰一動，抬起眼簾看了她一眼，目光顯得有些意外。他以為她在賭氣，可是看那表情一臉認真，自信得像隻花孔雀。

等等，哪來的自信？

姚嘉木愣了一下，緊接著哈哈一笑，朝向暖豎起拇指說：「小女生，有志氣。」

沈則木低下眼繼續翻菜單，一邊翻一邊說了一句：「不愧是倔強的青銅。」

「倔強」兩個字咬得尤其清楚，像是用粗的碳素筆在課本上用力劃出的重點。

第五章

迎新晚會進行了兩個多小時，散場後學生會的人打算聚餐，活動部長勾了一下林初宴的肩膀問：「林初宴，去不去？」

林初宴並不是學生會的，所以眼下這種邀請其實還滿難得，善意滿滿。

「不去，你們玩。」林初宴拒絕了。

「好吧。」活動部長有點遺憾，轉過身望了一眼，發現學生會的女生們也都一臉遺憾。

他禁不住感嘆：這個林初宴，女生緣還真是好。

林初宴被年級主任留下說了幾句話，等他離開禮堂時，人已經散得差不多了。

他鬆了鬆領口，掏出手機看看時間，十點整。

一個女生走上前。「林、林學長。」

「嗯？」林初宴低頭看了她一眼。女生低著頭，臉微紅，語氣期期艾艾的。

這種情況林初宴見得多，也就能熟練地應付。如果是遇到表白，就說自己已經有了心上人；如果是遇到什麼邀請，就說很抱歉，我沒空……所以這會兒他都不思考，聽到女生結結巴巴地開始表白時，他已經有了臺詞。

壞就壞在他的手機突然震了一下，收到一則訊息。然後呢，他又忍不住看了一眼。

是暖暖啊：我被舉報了！封號了！TT～TT

噗——

林初宴一個沒忍住，笑出了聲。

這個女生簡直無法相信，自己鼓足勇氣的表白，換來的竟是毫不掩飾的嘲笑。她驚訝地看著他，眼裡含著淚水，臉漲得通紅如豬肝，無地自容又委屈萬分。

林初宴有點尷尬，收起笑容。剛要開口，女生已經轉身跑了，一邊跑一邊擦眼淚。

林初宴挺想跟這個傷心欲絕的可憐女生解釋一下，可惜她已經跑得不見蹤影，而他連人家長什麼樣子都沒記住。

林初晏收回視線，回覆是暖暖啊：不聽話的下場。

向暖從初晏的回覆感受到一絲幸災樂禍。她氣道：都這個時候了，你就不能安慰我嗎？

初晏：怎麼安慰？

是暖暖啊：我被封號二十四小時，在這期間不能組隊。所以你也不要組隊，不要和別人玩……大聲回答我，能做到嗎？

是暖暖啊：檢驗我們友誼的時刻到了！✪ε✪

初晏沒說話。

向暖心想，自己這個要求好像有那麼一點點過分？畢竟兩人才認識三天，還是隔著網路，哪來的友誼啊⋯⋯

可是她好擔心初晏升級太快，他們兩個不能一起玩了，她去哪裡再找這麼一個小白？

過了大概有五六分鐘，初晏傳了訊息過來。

初晏：好。

一個字，乾乾淨淨簡簡單單，卻讓向暖忍不住笑了。

林初宴之所以隔了幾分鐘才回訊息，是因為他去了超市。林林總總地拿了些日用品，還有亂七八糟的零食，吃過的、沒吃過的，反正買回去很快就會被寢室那幫餓狼吃光，不會浪費。說來有點奇怪，他以前並沒有那麼強烈的購物欲，現在變窮了，反而看什麼就想買什麼，彷彿在對某些未知的東西實施報復。

他一邊逛超市，一邊和是暖暖啊傳訊息。

向暖得到了林初宴的承諾，很滿意，於是截圖傳給他，說道：留證據了。

林初宴的注意力被圖片裡關於他的備註資訊吸引。

初晏：最強小學生？

是暖暖啊：咳咳咳咳咳。

是暖暖啊：我覺得挺酷的，對吧？

是暖暖啊：你給我的備註是什麼？

林初宴沒有給她什麼備註，就一直是「是暖暖啊」。但這下子來而不往非禮也，他手指飛快，立刻改了她的備註，截圖傳給她。

是暖暖啊：榮耀第一坑？？

是暖暖啊：混蛋！

初晏：（臉紅紅）

是暖暖啊：-_-#求求你這種氣氛就不要裝可愛了……

不行，好氣。為了報復初晏，向暖把他的備註改成了「榮耀第二坑」。

※　※　※

向暖被舉報是因為打得太爛，戰績太渣，送死太多，隊友覺得她是故意的。而系統經過公證的審判，認為她確實是故意的。

她覺得自己好冤枉。

被舉報判定成功之後就要扣信譽分，信譽分扣到一定數量就不能組隊去坑害別人，只能打打人機什麼的，等熬過一定時間才能解禁。

向暖所謂的「封號」，就是眼前這樣的情況。其實嚴格來說不算封號，她至少還可以登入遊戲，可以和系統的ＡＩ一起玩。

她週日一整天都泡在圖書館，上午專心寫作業，下午又忍不住掏出手機，登入遊戲。

「這遊戲有毒。」向暖對閔離離說：「妳千萬別玩。」

「我才不玩色情遊戲。」

因為不能組隊，向暖只好在人機模式玩。她發現系統的ＡＩ還挺聰明的，把她打死了好幾次……

受不了，真是奇恥大辱。

閔離離也在玩手機、看八卦。

兩人各玩各的，過了一會兒，閔離離突然碰了碰向暖的手臂，小聲說：「暖暖妳快看。」

向暖拿下一邊耳機，看到閔離離遞到她面前的手機。

手機螢幕正在播放一段影片，內容是一個男生在彈鋼琴。這影片一看就是偷拍，畫質太差，糊得不像話，以至於只能看出男生臉龐白皙俊秀，五官都看不清楚。因為閔離離的手機插著耳機，向暖聽不到聲音，不知道男生在彈什麼。但是那雙手飛快地在鋼琴上躍動，像是亂舞的蝴蝶，因為彈得太快，根本看不清手指的動向，只有一片殘影。

「手速真快。」向暖低聲評了一句，摘下閔離離的一邊耳機戴在自己的耳朵上，想聽聽他彈的是什麼。

結果入耳全是女生的尖叫。

向暖趕緊把耳機還給閔離離。

「這個人的人品不好。」閔離離說。

「哦？」

「我看到論壇在說他的八卦，說女生和他表白時，他當面笑出聲。」

「這就過分了。」

「是啊，不過長得可真帥啊。妳要不要看？」

「沒興趣。」向暖戴上耳機，繼續人機大戰，一邊心想：再帥能有沈則木帥？

※　※　※

向暖在圖書館把這週的作業都寫完了，晚上回到寢室洗了個澡，敷了面膜，一看時間，已經十點了。

嘿嘿嘿，解禁了！

登入王者榮耀後，向暖先在好友名單裡看了一眼初晏的段位。很好，依舊是倔強的青銅。於是愉快地傳了組隊邀請給他。

初晏今天用了向暖沒見過的英雄：贏政。

王者榮耀是一款5V5的對戰遊戲，玩家自己或者由系統湊五個人組成一隊，每個人在入場前都要選一個英雄，在本局遊戲使用。目前王者榮耀總共出了六十多個英雄，這個數字還在增加。向暖因為是個小新手，等級太低，只擁有七個英雄，所以她能選的也只有這七個英雄。

想要更多的英雄，必須花金幣買，而金幣是每天拚死拚活打架賺來的，賺得可慢了……

這局遊戲，向暖依舊選了她這兩天常用的英雄——小喬。

小喬是個蘿莉，非常嬌小，走在嬴政身邊簡直像爸爸帶著女兒。

向暖尷尬了一下，默默離他遠一點。

初晏突然說：跟在我身邊。

是暖暖啊：喔。

於是又默默蹭回去。

嬴政有個大招是向敵方掃射光劍。光劍數量非常多，一掃出來整個螢幕都是，打到誰誰遭殃。

向暖跟在初晏身邊，看到他每隔一段時間就放大招，像個移動砲臺。

她覺得嬴政這個英雄真是太酷了，不愧是秦始皇。

這局遊戲結束，初晏的嬴政拿了一個全場MVP。

向暖連忙退出去查看嬴政這個英雄的資料，她也想買一個。

一看之下有點驚訝：別的英雄都能用金幣買，只有嬴政必須用人民幣買。

再次感嘆：不愧是始皇大大。

向暖對初晏說：小學生，挺有錢的嘛。

初晏：今天幹了一票大的。
向暖看著這行字，突然有一股想報警的衝動。
她穩了穩心神，問道：怎麼發財的？分享一下吧～
初晏：賣了個錶。
是暖暖啊：喂，你怎麼罵人啊！
初晏：沒罵人，就是字面的意思。
是暖暖啊：……

第六章

事實證明，人民幣也不是無懈可擊，初晏第二局遊戲依舊用了贏政，然而遭到敵方刺客瘋狂狙擊，死得很慘。贏政在遊戲裡的職業定位是法師，雖然自保能力比小喬這種超級脆皮[1]強一些，終歸是最脆弱的職業。

向暖本來還流口水，想敗個贏政的，結果看到自己和初晏一次又一次共赴黃泉，她便打消了這個念頭。

她想起那些新手攻略經常提到的一句話：沒有渣英雄，只有渣操作。

所以有贏政不一定能大殺四方，沒有贏政也不一定就一敗塗地，關鍵還是看自己的操作以及自己適合哪一類。有人能用系統贈送的醜亞瑟一路打上王者呢。

一局遊戲結束，初晏對向暖分析：剛才那局，陣容不行。

向暖心想：藉口。

初晏：我們沒有坦克。

坦克是擋在隊友前面頂傷害的，就像一堵強大的城牆，保護己方的小脆皮們。而射手和法師這些有了坦克的保護，就可以躲在後面瘋狂地輸出傷害，安安穩穩地當個大砲臺。

這樣肯定是效率最好最經典的模式。

向暖覺得初晏說得有道理。

是暖暖啊：是這樣喔。

初晏：下一局你玩坦克。

是暖暖啊：為什麼是我＝＝

初晏：因為你有一個優點。

是暖暖啊：哦？

初晏：你不怕死。

是暖暖啊：……………

是暖暖啊：你有必要把送死說得這麼含蓄嗎……

初晏：你玩坦克。

向暖動搖了。她覺得很神奇，初晏雖然看起來不可靠，但總能用歪理邪說征服她，這也算是一種了不起的才華。

她於是查看了一下自己的英雄包裹。她目前有三個坦克英雄，其中有兩個是系統送的——亞瑟和項羽。這兩個英雄是東西方兩種風格的彪形大漢，離她的審美觀差了十萬八千里，所以她是拒絕的。

剩下一個是莊周。這個英雄可不得了，商店裡賣八百八十八金幣，是所有英雄當中價格最低的，所以向暖買來充數。

莊周的外形是個少年，坐在一條大魚上昏昏欲睡，畫風清新唯美，怎麼看都和肉盾格格不入。但英雄說明書上的定位就是坦克。

於是她開著莊周去和初晏會合。

初晏這次沒有選嬴政。因為隊伍裡已經有人選了法師，他決定照顧一下陣容搭配，於是選了射手。

選的射手也是菜鳥們最喜歡用的英雄之一——魯班七號。

魯班七號是機器人，小小一隻，萌度和小喬不相上下。向暖看到初晏玩這種人物，莫名就想笑。

莊周畢竟是有坐騎的男人，騎著一條魚跑得很快，魯班的小短腿是跟不上的。

初晏：等我。

是暖暖啊：好吧。哈哈哈哈哈！

初晏：……

玩了大概幾分鐘，向暖有了新發現。

是暖暖啊：莊周的配音好好聽啊！

過了一會兒，初晏：花痴。

兩人在小地圖上看到有人在打群架，急忙趕過去支援。向暖騎著魚衝進人群，看到自己大招是亮的，於是點了個大招。莊周的大招相當有用，可以幫隊友集體解除控制和減少傷害。

目前正好有個玩韓信的隊友被敵軍眩暈了，動都動不了，血條快速地掉，眼看就要掛掉了，向暖這個大招來得非常及時，彷彿雪中送炭一樣。韓信的眩暈立刻解除，帶著一絲絲血活蹦亂跳地撤出戰場。成功逃生的韓信似乎很感動。

冷漠花開：謝謝你。

向暖看到隊伍頻道的這句感謝，心頭一暖。玩這遊戲幾天來她遇到的大多是謾罵和挖苦，表面上再多的不在乎，心裡也會難過、自責、愧疚。但是今天，有人在感謝她。

這種感覺真是太棒了，充盈而滿足，比湊足韶顏傾城的套裝還要讚。

團戰結束後，向暖奇蹟般地沒有死。果然坦克有坦克的好處。

然後她回應了韓信玩家的謝意。

是暖暖啊：不客氣。為人民服務。(￣▽￣)~*

冷漠花開：你是女生？

是暖暖啊：對啊，你也是？

冷漠花開：我是男的。:D

初晏：鬼扯什麼，過來。

兩人的聊天被初晏突如其來的一句話打斷。

戰場瞬息萬變，初晏的小魯班剛才被三個大漢圍攻了，這會兒躲在防禦塔後面的草叢裡瑟瑟發抖。雖成功脫身，那三個大漢卻虎視眈眈，不肯離去。

向暖連忙調轉魚頭走向他，一邊走還一邊傳了訊息。

是暖暖啊：來了來了，小可憐。

初晏：……

冷漠花開這個人顯然不像他的ＩＤ那樣冷漠，又和向暖說話。

冷漠花開：莊周等一下一起玩吧？我需要一個好的坦克。:D

好的坦克！

哈哈哈哈哈……向暖心花怒放。

是暖暖啊：好啊。

冷漠花開：打完這局加個好友吧。

是暖暖啊：嗯嗯。

初晏突然斷線了。斷了大概有兩分鐘，又重新連上。他還挺客氣的，在頻道裡道了歉。

初晏：抱歉，接了通電話。

是暖暖啊：沒事沒事。

初晏：暖暖。

是暖暖啊：唔？

向暖有點意外。初晏很少這樣一本正經地叫她，向來都是有事直接說。

初晏：剛才你前女友打電話到我這裡，問我你是不是把她拉黑了。

向暖看到這行字時，滿腦袋都是問號。她剛想問問初晏是不是中了什麼邪，然而這傢伙打字速度快到不行，不等她講話，立刻又傳來一句。

初晏：她還不知道你已經和海濤哥在一起了。

是暖暖啊：……什麼鬼？你到底在說什麼？

向暖看著初晏傳的那些夢話，短短兩句，訊息量太大，完全可以妄想出一條熱門新聞。她好震驚，不明白初晏為什麼突然這樣粗暴地強行加戲，彷彿一個神經病院跑出來的表演愛好者。什麼跟什麼呀！

不過眼下隊友等著她去戰鬥呢，所以她暫時沒和初晏爭辯這件事。

在那之後，己方隊伍頻道一片安靜。安靜得有點尷尬。

向暖又救了冷漠花開一次，但是這次他沒有對她說謝謝，什麼都沒說。

氣氛真是……更尷尬了啊。

遊戲結束後，向暖對初晏說：你搞什麼啊！

初晏：傻。

是暖暖啊：憑什麼說我傻，你才傻。神經病，說夢話。

初晏：他看妳是女生才想勾搭妳。妳可以思考一下他的動機。

是暖暖啊：不會吧……

初晏：我比妳懂男人。

是暖暖啊：就不能是因為我玩得好嗎？

初晏：呵。

一個字，嘲諷度MAX。

向暖有點生氣，不理他了。她看到好友資訊有更新，點開一看，發現是剛才那個冷漠花開主動加她好友。

向暖突然振奮，連忙對初晏說：你看你看，他現在加我了！人家根本不在乎性別好嗎，不像你這麼小心眼。

初晏：祝你們聊得愉快。

是暖暖啊：哼哼 o(￣ヘ￣o#)

向暖剛接受好友申請，冷漠花開就說話了。

冷漠花開：死 Gay！腦殘！騙子！滾！

向暖冷不防被人罵成這樣，心一沉，抖著手指回覆他：雖然我不想和你做朋友了，但我必須解釋一下，我沒有騙你。

這句話沒有發送成功，因為對方已經立刻刪了她好友。

她感覺受了很重的內傷。

點開和初晏的聊天視窗，向暖看著那句「祝你們聊得愉快」，心想：初晏是不是已經預料到這樣的結果？

她弱弱地對初晏說了句：好吧，你是對的。

初晏：看微信。

微信上，初晏傳了一張圖片給她。

一張……撫摸哈士奇頭的動態圖。

是暖暖啊：喂喂，你太過分了啊……

初晏：傻。

是暖暖啊：你傻你傻你傻。

初晏：以前沒玩過遊戲？

是暖暖啊：以前玩的奇蹟暖暖裡面都是女生，別人都叫我姊姊。

初晏：很厲害嗎？

是暖暖啊：嗯嗯。我是我們公會的老大。

初晏：怎麼做到的？

是暖暖啊：多課金就行了。

初晏：……

向暖有點不好意思，想了一下後說：你看，你也是小白，我也是小白，我們就不要互相嫌棄了，好不好？

初晏：好吧。

向暖看著初晏傳的那兩個字，眨了眨眼，問他：那你是因為什麼和我一起玩？也因為我是女生嗎？

初晏：不是，我沒那麼饑渴。

是暖暖啊：是嗎？

初晏：我很多人追的。

是暖暖啊：好巧喔，我也是。

真能吹……他們不約而同地想。

我這麼善良，就不拆穿你了……他們繼續不約而同地這麼想。

1 脆皮：指血量少、防禦低、魔抗低的英雄。

第七章

向暖週一下午沒課，本想去圖書館，可是歪歪社長打電話問她有沒有空。

「有空，社長，什麼事呀？」

『不要叫我社長，叫我學長就好。』歪歪說：『我今天要去主校區辦一點事，妳和我一起去吧，熟悉一下流程，以後這些事情就由你們來做。』

向暖感覺歪歪學長此舉是要把她當成親信培養，於是高興地點頭說：「好的！」

歪歪學長要做的事就是去主校區團委那裡批個活動申請書。有了申請書才可以正當地舉辦社團活動，而且還能拿到團委資助的活動資金。

「我們有什麼社團活動呢？」向暖問道。

『滿多的，我們每學期辦最多的就是校內電競比賽，這學期的快開始了。』

校內電競比賽分成好幾個類別，連球球大作戰都有，其中參與人數最多的是王者榮耀。

歪歪學長問她：『向暖妳要不要報名？』

「我不行，我才白銀呢。」

秩序白銀是比倔強青銅更高一級的段位，不過這兩類在歪歪他們玩家眼裡沒什麼區別，統統歸類為低端局。

歪歪沒說要帶向暖。不是他不想帶，而是他覺得向暖可能不喜歡這樣聊天。於是他說：『就是玩吧，別太在意段位……妳最近在練什麼英雄？』

「莊周。」

『莊周滿好的。』

「對，很好看，聲音也好聽。」

歪歪：『……』不知道要怎麼接了。

向暖有點不好意思，抓了一下頭，說道：「那個……莊周的大招滿好的。」

『不光是大招，莊周的其他技能也好用。第一個技能可以讓敵人減速，第二個技能可以讓自己和隊友加速，還能疊加出很高的傷害。』

很高的傷害……向暖捏一把汗說：「學長，我們玩的可能不是同一個莊周。」

歪歪被逗樂了，笑咪咪地說：『妳可能不了解那個二技能的被動。』

王者榮耀的英雄大多是有一個被動技能和三個主動技能。被動技能是英雄自己就有的狀態，不需要施放；主動技能是手動施放的。另外，有一些主動技能也自帶被動效果。

比如莊周的第二個技能，每隔一定時間就會自動施放一次，不占用技能冷卻時間。

歪歪解釋：『二技能打到某個目標的次數越多，疊加起來的傷害越高，如果是三次以上，傷害就會非常可觀。所以妳最好是算準時間，等二技能被動的那一次放出來的瞬間，放一個二技能，這一下就疊加兩層，接下來再隨便疊上一兩層，對方可能就哭了。』

向暖感覺像是打開了新世界的大門。她之前哪想過這些，放技能的時候就是哪個亮了點哪個，還吐槽過莊周的傷害怎麼這麼低。原來不是人家傷害低，而是她不會用。

『還有，一技能釋放時不要和敵人隔太遠，因為這個技能有延遲，妳放出去，人家可能已經跑出技能範圍了。另外，大招別隨便亂丟，大招的冷卻時間比較長，一波團戰下來，妳可能只有一次釋放大招的機會，所以一定要用在最緊急的時候。這個自行體會。』

「嗯嗯嗯！」向暖不停點頭。「謝謝學長！」

『不客氣，哈。互相學習，互相幫助。』

向暖把歪歪學長說的話都記下，心想晚上就找初晏試試。

※　※　※

南山大學的主校區已經有百餘年歷史，有些建築還保留著民國時期的風格，校園裡綠化很好，很多參天大樹，現在正值秋天，草坪上落了黃葉，有遊客在拍照。

向暖還是第一次來主校區。兩人在團委那邊辦完事，歪歪領著向暖在校園裡溜達參觀，還一邊為她介紹校史。走著走著，來到一片假山附近，假山旁邊有條人工開挖的小溪流。向暖停下來看裡面的錦鯉，扯著麵包碎屑，看牠們擠在一起搶食。

她突然聽到假山後面有人在說話，語氣很暴躁。

「原價二十多萬人民幣的東西，你給老子賣十二萬？我怎麼生了你這個敗家子？全世界都欠老子一個保險套！……你在哪裡，給我出來！」

最後那句話幾乎是吼出來的。向暖嚇了一跳，手一鬆，麵包掉進水裡。

與此同時，在遠離市區的某度假山莊，林初宴泡在溫泉裡，手機放在泉水邊，開了擴音。林雪原吼他時，手機彷彿都要震起來了。

林初宴不為所動，反正現在兩人離得遠，爸爸就算提著刀也砍不到他。他懶洋洋地靠著溫泉池壁，說道：「爸爸，你冷靜點，那支手錶本來就是我的。你忘了嗎？那是劉叔叔送給我的十八歲生日禮物。」

『呵呵，你跟我辯這個，你要臉嗎？你要不是我兒子，他連個硬幣都不會送你！更何況他送了你多少，等他孩子過生日我就得還回去，你現在還跟我說那是你的？』

「爸爸，你不要生氣。那支錶其實不算賣了，只是放在當鋪，三個月內可贖回。」

『我幫你翻譯一下這句話的意思：我就是臭不要臉地換現了，你們要是捨不得就去贖……是不是？』

「對不起，爸爸，我實在是太餓了。」林初宴開始換路線走。

恰好在這時，服務人員敲門進來，送了精美的果盤和飲料。林初宴指了指，示意服務人員把東西放在溫泉旁邊。

少年大半個身體浸在水裡，布滿花瓣的水面婀婀地浮動著白色的半透明水氣，使他的身軀和面孔顯得有點朦朧。室內空氣潮濕，他的劉海被打濕，貼在額前，柔軟而凌亂。

服務人員彎腰把東西放下，瞥了一眼水面。嘖，好可惜，有花瓣擋著，什麼都看不到。

他突然仰起頭，朝她做了噤聲的手勢。噓——

明亮的眼睛有一點彎，唇角輕輕牽著，修長好看的食指擋在唇前……那一刻，她深切感受到了什麼叫「一眼萬年」。

怎麼會這麼好看……服務人員滿腦子都是這個想法。

然後她紅著臉，輕手輕腳地退出去了。

林初宴還不知道自己無意中調戲了別人，他所有注意力都在手機那一頭，林雪原短暫的遲疑讓他知道：爸爸心軟了。

但是很快地，爸爸又吼他：『我不給你錢還不是為了你好嗎？你說說你，四體不勤五穀不分，把你扔到大街上肯定餓死。要你打個工自己賺錢有那麼難嗎？你鋼琴十級就不能做家教？你高考數理滿分，做家教肯定全世界的家長都會搶你。你說說你……』

「太累了。」林初宴用三個字評論了爸爸的建議。

『媽的！你老子我當年上學連一雙好鞋都沒有！一天睡四個小時做三份兼職，我也沒累死！』

林初宴心想：我和你不一樣。我爸爸比你爸爸有錢。

當然嘴上是不可能這麼說的，否則爸爸要炸掉了。

林初宴說：「爸爸，我真是佩服你，難怪當初追媽媽的人那麼多，她卻只看得上你。」

儘管林雪原有時候特別想把這令人煩心的兒子塞進保險套，打個結扔到垃圾桶……但是他也不得不承認，這臭小子實在太會聊天了。他專門往人最癢的地方撓，撓完了讓你感覺身心舒暢。你知道他目的不單純、滿嘴甜言蜜語，你也可能會嗤之以鼻，但依舊會舒暢，因為這種情緒不受理智控制。

這樣的人，放在古代一定是欺下瞞上，兩面三刀還能混得風生水起的大奸臣。

想想都可怕。

林雪原哼了一聲，說：『別跟我耍花招，老子有的是辦法治你！』

※　※　※

向暖不是故意要聽別人聊天的，她非常想看那些錦鯉把麵包吃完，所以就多待了一會兒。歪歪站在她身旁，一臉八卦地豎起耳朵。

等錦鯉吃完麵包，兩人離開，路過假山時，看到那位父親還在訓兒子。

林雪原一邊跟兒子講電話，一邊轉頭看了他們一眼。

他的氣場太強大了，好凶的樣子，向暖嚇得愣了一下，結結巴巴地說：「對對對不起，我我我們是路過的……」

林雪原沒想到自己會嚇到路過的學生，看那個小女生挺可憐的，他捂著手機，也跟她道了歉：「抱歉，我兒子……」說著晃了晃手機。「是個胡攪蠻纏的人，臭不要臉。」

向暖好尷尬，心想這位兒子太奇葩了，能把老爸氣得跟路人吐槽。

歪歪很懂的樣子，走近一些拍了拍林雪原的肩膀說：「大哥，看開點。」

林雪原低頭看了一眼肩上的手指，斜眼看了他，聲音有點硬地說：「叫叔叔。」

歪歪和向暖馬不停蹄地逃了。

林雪原收回目光，對著手機吼道：「別以為當個富二代就可以高枕無憂，等老子死了把財產都捐了，讓你喝西北風！」

手機那頭傳來飽含真情的祝福：『爸爸，我希望你長命百歲。』

第八章

向暖吃過晚飯後登入遊戲，見初晏沒在線上，她把手機放在一邊，開始整理書桌。

手機不斷有人傳來組隊邀請，她視而不見，等到把這一週弄得亂七八糟的書桌變得整整齊齊，她看了一眼手機螢幕，發現此刻螢幕上停留的最新組隊邀請是——

澤木！

天啊！男神邀請她玩遊戲！

向暖感覺滿腦子冒著粉色泡泡，連忙按了同意。

沈則木的隊伍裡有三個人，除了他們兩個，歪歪也在。

向暖一進隊伍，歪歪就開始叫：向暖妳不接受我的邀請，接受沈則木的！

向暖覺得尷尬，連忙回道：對不起啊，歪歪學長，我剛才沒看到。

歪啊歪：呵呵！

是暖暖啊：真的……

此時此刻，歪歪待在宿舍裡，對一旁的沈則木說：「她當我是三歲小孩嗎？」說著把手機還給沈則木。「給你，我對這個看臉的世界絕望了。」

是的，剛才只是一個測試。歪歪傳了組隊邀請給向暖，沒人回應，他突發奇想，用沈則木的手機測試了一下，結果向暖立刻搖著尾巴過來了。如果她誰都不回應還好，現在這麼明顯的取捨，讓歪歪感覺好委屈、好挫敗、好不甘心。

沈則木接過手機。他也不知道自己為什麼允許歪歪這樣做，大概……是出於對殘障人士的關懷吧。

但不管怎麼說，隊伍組了，也不好說只是測試，就打完這一局吧。

向暖怕歪歪生氣，哄他：學長，我請你吃霜淇淋吧。

歪啊歪：好啊好啊！

立刻就高興了。

沈則木再次用關懷殘障人士的心情看了他一眼。

向暖還是用莊周，騎著大魚跑來跑去，追又追不上、打又打不死，名副其實的戰場瞎攪和。

歪歪對沈則木說：「你有沒有發現她反應其實挺快的？」

沈則木「嗯」了一聲。

這確實讓他有點意外。看得出向暖對其他英雄的招式了解得不多，所以打得沒有顧忌，橫衝直撞的。但是她對自己技能的拿捏挺不錯，幾次大招都放得很到位，幾乎是在己方隊員被控住的瞬間就使出大招，解救人質。這應該不是預判，預判靠的是經驗，顯然向暖沒有這種玩意兒。她有的只是反應和手速。

其實她整體的表現並不好，騎著一條魚撞了好幾次牆，隻身一人跑到人家的防禦塔下玩，結果被人狠揍一頓，玩到只剩下一層血皮後瘋狂逃竄……各種不要命，只有你想不到，沒有她做不到的。

但沈則木願意給她一個及格分。

沈則木的存在讓向暖壓力很大，玩遊戲也玩得有點分心了，老想著他的存在，又不敢跟著他，怕拖累他。

所以她覺得自己表現不好。而她表現不好的另一個原因是——初晏這傢伙上線了，用微信訊息瘋狂轟炸她！

向暖終於死了一次，她連忙切到微信看訊息，發現訊息是這樣的——

初晏：？

初晏：、

初晏：。

初晏：∫

一下子十幾則。

很顯然，這傢伙是上遊戲之後發現她在組隊遊戲中，就故意轟炸她。

向暖蔽屏了初晏的訊息。

剛回到遊戲，這傢伙又傳來通話邀請。向暖手忙腳亂地按掉，迅速地回應：我在和男神組隊！

初晏：速戰速決，等一下找我。

是暖暖啊：不要，我要和男神一起玩。╮(╯▽╰)╭

初晏：妳的男神嫌棄妳，我不嫌棄妳。

是暖暖啊：戳到痛處了啊……

初晏沒再騷擾她。

向暖切回到遊戲，看到自己已經復活了，於是擺著魚尾巴又加入戰場。

這場遊戲打得很順利，還真是「速戰速決」。打完了，沈則木破天荒地問了一句：還要玩嗎？

是暖暖啊：學長，我要和朋友一起去打排位，我想早點上王者。

澤木：嗯。

沈則木有點佩服向暖。一般情況下，一個人如果是白銀段位，目標可能只是更高的黃金或者鉑金，哪像她，身在白銀，心繫王者。而且人家不是開玩笑，是堅信自己會上王者。

就好像一個平時不念書，臨時抱佛腳的人堅信自己期末能考九十分。

真是……無法理解哪來滿滿的自信。

歪歪探過頭來偷看他們的聊天紀錄，看到向暖拒絕沈則木，他樂了。「哎呀，原來你的魅力也不過如此啊？我以為有多大，原來只是比我大一點點，哈哈哈哈，好滿足！」

沈則木挑了一下眉。

※　※　※

另一方面，向暖還在糾結初晏剛才說的話。

是暖暖啊：你怎麼知道男神嫌棄我？

初晏：隨便說說，沒想到妳承認了。

是暖暖啊：＝＝

初晏：我今天對這個遊戲有了新的理解。

是暖暖啊：哦？

初晏：這不是一款殺人遊戲，更不是一款送死遊戲。

是暖暖啊：乖，說人話，收斂一下嘲諷。

初晏：這本質上是一個推塔遊戲。為了更容易推塔，才引起戰爭，人們為了提高戰爭的能力，才想方設法賺錢買裝備。所有的一切，都是為了推塔。

是暖暖啊：你這是廢話。

初晏：很多人玩著玩著就忘記這一點。

向暖看到這句話，愣了一下。確實啊，她玩遊戲就是這樣，要嘛在打群架，要嘛在跑路，要嘛在營救隊友，真正特意去推塔的時候反而不多。

而評判一局勝負的方式就是誰能推掉對方的水晶，不是哪個隊伍殺人較多。

是暖暖啊：你說得有道理。

初晏：我買一個孫尚香，我們去推塔。

是暖暖啊：我怎麼感覺你的金幣都花不完？

初晏：我沒有金幣了。

是暖暖啊：所以？拿什麼買孫尚香？

初晏：課金。

是暖暖啊：……

真是個敗家子。王者榮耀裡那些用金幣買的英雄，如果金幣不夠，可以課人民幣買，可是這樣太不划算了。雖然向暖自己也會為遊戲課金，但不是這種花法，她也是要考慮CP值好不好。

初晏買好了孫尚香，向暖開著莊周和他會合。孫尚香和魯班七號一樣同屬射手。孫尚香有個技能是在地上翻滾，可以滾出去一段距離，滾過之後打人會更疼。這個技能在逃跑和打人的時候都很好用，所以比小魯班的生存能力好一點。

向暖坐在魚上，看著孫尚香在身旁翻來滾去的，像個皮球，鬧到不行。

孫尚香這個英雄是比較適合推塔的。

兩人玩這局遊戲的宗旨就是推塔，不顧一切地推塔。

王者榮耀的地圖是一個菱形，敵我雙方的老巢——也就是俗稱的泉水，占據著菱形的兩角。泉水旁邊就是雙方最重要的東西——水晶。誰能先把對方的水晶打掉，誰就勝利。

水晶外分三路蔓延著共計九座防禦塔，這些防禦塔會攻擊貿然進入的敵軍，所以想接近水晶的話，需要先推掉這些防禦塔，至少要能把某一路上的三個防禦塔全部拔掉，幫友軍開路。

防禦塔攻擊力很高，不能隨便打，否則就是自殺。要等自家的小兵進入防禦塔範圍，吸引防禦塔的火力，這時候玩家再進去打防禦塔……

說起來似乎很容易，真正操作起來還是有點麻煩的。

最簡單的——你打人家防禦塔的時候，人家隊友是能看到的，他們又不是死人，當然會過來打你……

所以最後到底是你拆了塔，還是敵人拆了你，這都不好說。

向暖和初晏這個組合有一點優勢就是他們跑得滿快的，於是就在三路防禦塔之間流竄，也不打架，就光想著拆拆拆，中間也被伏擊了幾次，死得很慘，但這無法阻擋他們對防禦塔的熱情。他們的隊友顯然也是一群菜鳥，打得不好還喜歡罵人。向暖直接把隊友們都蔽屏了。

最後的最後，他們隊雖然戰績淒慘，評分極低，但就是贏了。

因為她和初晏把敵人的防禦塔拆個精光，最後很容易就推掉水晶。

向暖的戰績評分只有三點零，可說是慘不忍睹，然而她的評分竟然是全隊最高的，比初晏還高，於是她獲得了MVP的稱號。

嘻嘻嘻哈哈哈哈哈！

好開心好開心，她幾乎要抱著手機跳舞了。

這種因自己和隊友的不懈努力，最終贏取勝利的感覺，比抱大腿躺著贏好多了！超有成就感！

向暖興奮地對初晏說：再來再來！

兩人又開了一局，打算故技重施。

不過，同樣的套路不可能一直管用。剛才那局遊戲之所以能贏，更多是因為對手沒有好的意識，光想著殺人，於是給了他們可乘之機。這次的對手顯然比上一局厲害很多，配合得也很好，向暖和初晏被打得抬不起頭。

然後就輸了。

向暖有點挫敗，對初晏說：對不起，我沒有保護好你。QAQ

初晏：開語音。

是暖暖啊：（⊙ｏ⊙）

初晏：打字指揮不方便。

是暖暖啊：喔喔，我知道，怎麼開啊？
初晏：QQ吧。
向暖把QQ帳號傳給他時，心想：初晏的聲音會是什麼樣的呢？會不會是猥瑣賤男的那種？
越想越覺得可能耶……
兩人加好QQ，開通語音通話。初晏先說話了：『喂？能聽到嗎？』
向暖：「………………」
我、的、天、啊！
他怎麼會有一副乾乾淨淨、清清白白的嗓子？這個初晏一定是假的！把那個賤男初晏還給我！
初晏以為她聽不到，疑惑地「咦」了一聲，掛斷通話後又撥了一次。
向暖呆呆地接了。
初晏：『這次能聽到嗎？是暖暖啊？我是初晏……』
向暖有點陶醉。單純為好聽的聲音陶醉。
初晏的聲音很純淨，不偏不倚的溫柔清透，讓人想到陽光下穿白襯衫的少年。認真說來，他的聲音有點接近莊周的配音。不同的是，莊周的配音有後製處理，一聽就讓人覺得是二次元的，但初晏不是。初晏的聲音既好聽又真實，聽到耳朵裡，耳膜像是被按摩，酥麻舒爽。

向暖忍不住說：「你再說句話。」

『嗯？』初晏有點疑惑。

「我的耳朵快要懷孕了。」她小聲說。

通話另一頭傳來一陣笑聲。笑聲很輕很淡，像隨著陽光漸漸消散的晨靄。

向暖被他笑得一陣耳熱。

初晏：『花痴。』

第九章

週四晚上，電競社照例要開會。

歪歪感覺上次開會大家都有點拘謹，可能和不熟有關。他這次自掏腰包買了些零食，沉甸甸地提著，往活動中心走。

走了一會兒，歪歪對沈則木說：「你就不打算幫我提一下嗎？」

「不。」沈則木拒絕得挺乾脆。

歪歪想到自己等一下有求於人，於是不僅沒底氣，反而變得更加諂媚了，嘿嘿一笑說：「喂，我，我說……」

「不。」沈則木又拒絕了一次。

「我說的不是這個。」

「我說的也不是這個。」

兩人非常有默契地互看了對方一眼，眼裡都有點嫌棄的意思。

歪歪說的事和今天的例會內容有關。電競社每學期都會舉行電競比賽，為了推廣這個活動，歷屆社長們挖空心思，恨不得去賣身。南山大學的社團有幾百個，每個社團都想搞點事情出來，橫向比較之下，怎麼吸引人們的目光就是重中之重。

上學期，歪歪按照沈則木的身材在淘寶訂做了一套王者榮耀的COS服裝，COS的人物是李白。王者榮耀裡李白的形象英俊瀟灑又飄逸，擁有無數迷妹。沈則木穿這身衣服往校園裡一站，嘖嘖嘖，效果真好。因為有型男李白幫電競比賽助威，報名的人很多，那屆比賽辦得相當成功。

這次，歪歪打算重溫昔日輝煌。

沈則木卻放手不幹了。

穿成那樣站在路邊，很多人圍著他合照，使他感覺自己像馬戲團出來的，非常不能適應。最重要的是，他不喜歡人多。

歪歪說：「你知不知道，那套衣服很貴，不穿多可惜。」

沈則木：「公費報銷。」

「公費也是錢啊，我的大少爺。」

沈則木不為所動。

歪歪又說：「我也沒辦法啊，我巴不得自己穿呢，可是我長得不好看啊，穿出去會被人打的！為了我們社團的未來，你就委屈一下吧。求求你，我晚上幫你暖床。」

「滾。」

「呵呵，沈則木，看來你是希望我把你的微信QR碼列印出來貼滿全校了。」

「只要長得好看就行？」沈則木突然問。

「對啊，這就是個看臉的世界。」歪歪說著說著，不知怎麼地想到了自己的命運。「我現在好絕望！」

沈則木意義不明地「嗯」了一聲。

歪歪收起沉痛，轉頭發現沈則木的視線落在不遠處。

他順著他的目光，看到了向暖。

那一刻，歪歪突然明白沈則木所謂「只要長得好看就行」是什麼意思，他怒道：「沈則木你這個禽獸！」

向暖是來開會的，在活動中心門口遇到沈則木和歪歪。她向他們打了招呼：「學長好……學長，我幫你提吧？」

「不用不用……」歪歪雖然累得手痠，也不想辛苦美女。

沈則木是第一次認真打量一個女孩。他的視線在她臉上逡巡一圈，沒說話。

向暖被他看得很不好意思，心跳快了幾分，不自覺地低下頭，緊摟懷裡的粉色筆記本。

她感覺到自己的臉在發燙，控制不住。

沈則木突然開口：「向暖。」

向暖條件反射般挺直身體。「嗯，學長。」

沈則木：「我想拜託妳一件事。」
向暖：「什麼事啊，學長？」
歪歪：「你這個禽獸，還真的開口了！」

※　※　※

向暖萬萬沒想到，沈則木要拜託她的事情是ＣＯＳ李白。
「為什麼是李白呢？」她感到困惑。
「因為只有李白的衣服。」
「呃……」
由此可見，電競社的日子過得還滿清苦的＝＝
向暖覺得這不是什麼難事，更何況提要求的人是沈則木。沈則木要她上刀山下油鍋她必定會拒絕，但是 Cosplay 嘛，就完全不用猶豫。
歪歪說：「向暖，妳這個週末ＣＯＳ李白去主校區，我們電競社在那邊群眾基礎薄弱，需要更多的宣傳。」
「好，我自己嗎？」
「放心吧，讓沈則木帶著妳。妳什麼都不用做，跟著他就行了。」

向暖偷偷看了沈則木一眼。

沈則木也在看她。他對她說：「謝謝妳。」

向暖臉一紅。「不、不用客氣。」

之後開例會，歪歪分配任務給其他人。除了少數幾個在校園裡擺攤設點宣傳的，大部分的人被分派去宿舍宣傳拉人。

※　※　※

歪歪把衣服拿給向暖，向暖光是看一眼就感覺不太對勁。「怎麼這麼大啊？」

「因為是去年沈則木穿的。」

向暖也不知道歪歪說這話是有心還是無意，反正她是被征服了，更想穿了呢。

週六這天，向暖和沈則木約早上九點在她的宿舍樓下見。

李白的衣服太大了，向暖個子不夠高，穿不出那種瀟灑風流的感覺，看起來更像是發育不良的公子哥。她滿想穿一雙高跟鞋撐一下，腦裡假設了李白穿高跟鞋的那個畫風……不行，太惡搞了。

然後呢，為了節目效果，她又想化個妝。本來打算把自己的臉畫得輪廓分明一些，不過化妝技術不夠好，化了半天，一照鏡子……哪來的妖孽！

於是又手忙腳亂地卸妝。

最後戴假髮的時候，感覺怎麼戴都不好看，都像是城鄉結合部的髮廊小弟……

這樣折騰來折騰去，到了九點四十分，她才下樓。

沈則木站在樓下，手裡拿著東西。向暖看到他挺拔的後背。

可能是因為第一印象太好了，她看到他小白楊般的背影，總是會有種怦然心動的感覺。

「學長。」向暖小跑步過去，他剛好轉身，她有些歉意。「對不起。」

「沒事，我去拿宣傳單，也才來不久。」

向暖看到他左手拿的是捲成筒狀的宣傳海報，右手提著一個不織布的袋子，袋子裡依稀能看到是厚厚一疊A4紙列印的宣傳單。歪歪學長認為用那種油面的硬紙宣傳單不僅成本高，還不環保，所以就一直宣導這種黑白列印的。

沈則木退開兩步看她的COS效果。向暖有點心虛，摸了摸腦袋說：「那個假髮我戴不好，就自己紮了一個古代男人喜歡紮的那種丸子頭。」

「這樣滿好的。」沈則木點頭。

南山大學的主校區和鳶池校區之間有固定的公車路線，從始發站到終點站需要一個小時。為了節省時間，沈則木叫了計程車。下車時向暖想和他分攤車費，沈則木擺了擺手。「妳今天來是幫我的忙，費用我自己出。」

向暖鼓起勇氣順勢問了：「那你包吃嗎？」

沈則木莞爾地說：「包。」

一個字讓向暖心情好到要飛起來了。

兩人往圖書館的方向走。圖書館旁邊有一小塊空地是校方劃分出的，專供學生活動用，這裡來來往往的人流量大，是黃金寶地。

向暖走著走著，從路邊不知名的樹上拔了一根翠綠枝條，枝條上的葉子還沒變黃，難得難得。她咬著那根枝條笑了笑。

王者榮耀原畫中的李白也是這樣叼著一根枝條，輕佻卻勾人。

向暖的眼睛是不太典型的桃花眼，睫毛挺翹，眼尾長而略彎，笑的時候會微微挑起，眼底清亮濕潤，少了幾分迷醉，多了幾分靈動。

沈則木看她咬著一根綠色枝條，笑得輕快。清晨的陽光穿過樹葉，落在她光潔漂亮的額頭上，斑駁而生動。他莫名地想起一句詩：

鮮衣怒馬少年時，一日看盡長安花。

然後又想：她確實適合把頭髮梳上去。

向暖還不知道沈則木在觀察她。沈則木不說話，她也不好老纏著他說話。而且她在他面前總是很緊張，不知道該說什麼。

到了圖書館旁邊的活動區域，沈則木要向暖在這裡等。他去團委借來桌椅擺開，海報也掛好，一切準備就緒，向暖就像個吉祥物杵在那裡，如果累了就坐一會兒。

沈則木負責為路過的同學講解他們的活動。向暖覺得沈則木講話就像花錢，總是想方設法地節省，爭取用最少的錢辦最多的事。

所以他才會給人高冷的印象。

但其實不是的，從她認識他的第一天開始，她就知道他並不是高冷的人。

反而比很多人都溫柔細心。

這才是她喜歡他的真正原因。

※　※　※

午飯他們在學生餐廳吃。

兩個校區的餐廳裝修得幾乎一模一樣，簡直是強迫症。餐廳裡也分等級，比如一二三樓賣的是一般食物，比較便宜；四樓賣精緻的小炒。兩人點了兩份小炒，一份米飯。向暖不要飯，沈則木以為她在減肥，結果她點了份奶黃包。

這些在他眼裡是小孩吃的東西。

向暖的衣服很寬大，鬆鬆垮垮的，眼前就顯現出不方便了，多餘的布料總是耽誤她夾菜。她不得不時時提高警惕以防弄髒，畢竟這可能是電競社最值錢的東西。

沈則木有點看不下去，用公筷幫她夾菜。

向暖……向暖又臉紅了。

心跳加速的結果就是瘋狂地啃奶黃包。啃著啃著，桌上的手機震動，她收到了一則訊息。

初晏：我看到一個傻子，不知為什麼就想到妳。

向暖低著頭，翻了個大大的白眼，回道：你真會聊天。

初晏：（圖片）（圖片）

初晏：像不像地主家的傻兒子？

是暖暖啊：……………………

她嚇得奶黃包都掉了。

第十章

向暖看著初晏傳來的、她打扮成李白吃奶黃包的照片……覺得這個世界真是太刺激了。

而且，照片拍得太爛了好嗎……這照相技術，應該扔進馬桶裡沖掉。

她壓抑住心頭的震驚，盡量讓自己表現得平靜，以防被發現。她不知道初晏在哪裡，但肯定離她不遠。

冷靜，冷靜，他還不知道我就是我。她心裡想著。

沈則木見向暖神態有異，眼神閃爍，動作緩慢而呆滯，彷彿神遊天外。他覺得有點奇怪，正要問她，就見她若無其事地撿起掉在桌上的奶黃包，又要往嘴裡送。

好像是故意假裝若無其事的樣子。

沈則木輕輕皺了一下眉，筷子一伸，快狠準地夾住她手裡的奶黃包。

向暖目光一轉，看向他。

「不衛生。」他說著，將搶下來的奶黃包扔在一邊，又幫她夾了一個完好無損的放在碗裡。

「喔。」

沈則木從她強裝鎮定的模樣看出了她的心慌意亂。

「妳怎麼了？」他問道。

「沒沒沒沒沒什麼……學長我們快吃，吃了快走。」

向暖又看了一眼那兩張慘不忍睹的照片。從拍照的角度來看，初晏應該是在她的右前方。她偷偷瞄了一眼，那個可疑的位置有三張餐桌，其中兩桌客人剛走，服務人員正在收拾，剩下的一桌有個胖胖的男生獨自在吃鐵板燒。胖男生長得很正直，氣質與向暖理解中的初晏有差異。

看來初晏已經走了。

她悄悄鬆了口氣，手機關機。

下午，向暖一直不在狀態內，總是神遊，若有所思。幸好她本來就只是來當吉祥物的，沒耽誤什麼事。走過路過的人想合照，她也來者不拒。

沈則木見她做這些事情並無反感和抗拒，莫名地鬆了口氣。

南山大學主校區附近的美食很多，沈則木本來打算帶向暖在附近吃點好的，哪知道她執意要回去。兩人叫了計程車，回到鳶池校區時，沈則木接到姚嘉木的電話。

姚嘉木：『沈木頭，你是不是和向暖在一起？我正好想請那小女生吃飯呢，她上次推薦我的乳液超級好用！』

沈則木看了一眼旁邊的向暖。這女孩的狀態好像終於好點了，現在正用手機搜尋美食，一邊搜一邊說：「不然吃黑魚吧？」

從他這個角度只能看到她頭頂那個「丸子頭」。隨著她的說話和動作，「丸子」輕輕晃動，有點滑稽。

沈則木對向暖說：「姚嘉木想和妳一起吃飯。」

向暖愣了一下。「啊？那叫她過來吧。」

其實這時候一般有點想法的女生都不可能接受另一個女生來攪局，但她沒有拒絕的理由。所以，來就來吧。

一頓飯由兩個人吃變成三個人吃，氣氛就完全不一樣了。向暖吃得彆彆扭扭的，姚嘉木倒是挺健談，但向暖不想和她說話。

她總覺得姚嘉木不單純是來找她吃飯，更大的目的是要監視沈則木的動向。希望只是她想多了。

吃過晚飯，三人散步回學校，向暖和姚嘉木不是住在同一棟宿舍，所以雙木組合先送她回去。

向暖離開後，姚嘉木開玩笑地問沈則木：「這女孩，是不是不太喜歡我呀？」

沈則木沒看她。他一手插口袋，一手提著海報，淡淡答道：「她也沒理由必須喜歡妳。」

姚嘉木一愣。

※　※　※

向暖為了做戲做全套，從中午到現在手機一直關機。回到寢室開機後，第一件事是對初晏撒了個謊。

是暖暖啊：對不起喔，我今天在外面，手機沒電了。

初晏：嗯。

向暖心裡滿緊張的，還要裝出一副雲淡風輕的樣子，問他：這是在學生餐廳拍的？

初晏：是。

是暖暖啊：你們餐廳好眼熟啊，你是不是南山大學的？

初晏：是，妳也是？

是暖暖啊：嗯……

初晏：……

向暖知道初晏肯定也很驚訝。中國那麼大，兩人偏偏是同一所學校的。真是太巧了。

初晏：妳讀什麼科系？

向暖：我在鳶池校區呢。

她刻意強調了校區。因為兩個校區之間的學生不常串門子，這樣一講，搞得好像她跟今天那個地主家的傻兒子完全沒有關係。

我真是太機智了！她在心裡給自己點了個讚。

初晏：嗯，我在主校區。

之後就沒說什麼了。他沒再追問科系，更沒要求見面，只是吐了個槽，說鳶池校區像遠郊農場，太荒了。

向暖笑了，回答：哪有你說的那麼誇張，這邊已經有商業區了好嗎！

向暖覺得有點奇怪，但稍微一想又覺得這才是初晏。初晏這個人雖然有時候挺壞的，壞得你牙癢癢，但他的教養和分寸拿捏得很好，不會越線。所以感受到向暖迴避時，他就自然而然地轉移了話題。

向暖輕輕呼了口氣，問他：要玩遊戲嗎？

初晏：嗯。

兩人還是連了麥。

可能因為知道對方是校友，兩人感覺上更熟悉了，熟悉到初晏很不客氣地對向暖說：『別吃我經濟。』

「喂，不就打了你個兵。」

王者榮耀這款遊戲某種意義上算是一款經營遊戲，奠定玩家戰鬥力基礎的是等級與經濟。等級越高，屬性越好，而錢越多，自然就越能買到更好的裝備。

升級和賺錢主要依賴小兵和野怪。這些資源都是有限的，該怎樣分配，是王者榮耀裡永恆的難題。

這裡每天都有因搶奪資源而發生的流血事件，以及因資源配置不均而引起的內訌。

但不管怎麼說，幾乎王者榮耀裡所有的英雄都有一個共識，那就是——輔助不能吃太多經濟，要把錢和經驗留給自家射手、法師、戰士、打野以及其他。

總之，輔助是食物鏈的最底層。要像個偉大的母親，把好東西讓給隊友，還得保護好他們。

所以現在向暖被初晏像趕羊一樣趕走了。『妳去旁邊，別分我兵線。』

「那我走了，不和你玩了。」

『別走太遠，妳得保護我。』

「你好討厭。」雖然她這樣說著，卻真的沒走太遠。

初晏要她躲在草叢裡幫他探視野，距離恰到好處，既分不到他的錢，又可以幫他偵察到附近的敵情。

畫風清新的莊周小哥縮在草叢裡，看起來有點陰險。

正當向暖百無聊賴時，她的視野裡出現了三個敵方的彪形大漢！

除此之外，小地圖上還有一個敵軍正往這邊趕來。

「喂，有人來了！」向暖說完這句話，轉頭看初晏。好，這傢伙毫不猶豫地掉頭就跑。

那些人本來是想打初晏，然而初晏跑太快，向暖就遭殃了。她再怎麼皮糙肉厚，也禁不住一群人圍攻。

向暖感覺好心碎地說：「你怎麼一點猶豫都沒有，良心不會痛嗎！」

初晏以帶著笑意的聲音說：『等一下幫妳報仇。』

好吧，向暖只是吐槽一下，她也知道輔助是食物鏈的最底層。關鍵時刻輔助要賣血賣命救隊友，群架打不過的話，輔助要背鍋。支援不及時？那你還玩什麼輔助！

類似這樣的職責比比皆是，習慣就好。ㄟ(－，－)ㄏ

孫尚香是個很重發育的英雄，前期默默地搞經濟建設，後期買了神裝，變得神通廣大。初晏有非常出色的逃跑意識，死的次數少，發育得很順利。

這局遊戲到後期，孫尚香簡直像殺神附體。有一波團戰，孫尚香一個人一口氣收了對面四個人頭，這四個剛好是一開始圍毆向暖的那幫人。

還真是幫她報仇了……

敵方有個亞瑟玩家，似乎是個超級被虐狂，看到孫尚香超神，他就在公共頻道喊話：對面的孫尚香，等一下要不要一起玩？

初晏：不要。

初晏：我有拖油瓶。

向暖在遊戲裡看到這行字，朝手機吼：「喂，我不要面子啊？」

另一頭傳來初晏的笑聲。笑聲有些低，好像是漫不經心，有點欠揍，又說不出地好聽。

好聽到什麼程度呢？她的火氣都被那笑聲一點一點沖散了，就沒有繼續生氣了……

真是太沒出息了！/(T o T)/~

向暖說：「跟我組隊。」

初晏：『先不玩了。』

「嗯？你要下線了？」

『不是。』初晏解釋：『莊周這個英雄有點單調，比較挑陣容，不夠全面。』

「你是在嫌棄我嗎……」

『不，這是因為英雄的設定，與操作無關。雖然妳的操作確實——』

「你給我閉嘴。」向暖面無表情地打斷他。

然後她又聽到他的笑聲。

初晏好像很愛笑。

初晏說：『妳去買個張飛。』

「不行，我要賺錢買貂蟬。」向暖認為貂蟬是王者榮耀裡最漂亮的英雄，身為一個奇蹟暖暖老手，她無法拒絕這樣的誘惑。

另一頭沒說話，而是非常簡單直接地發了紅包給她。

初晏：（紅包）

初晏：去買張飛。

向暖在英雄商店裡找到張飛，才看一眼就斬釘截鐵地拒絕：「不行，不好看。」

初晏又發了個紅包給她。

初晏：（紅包）

初晏：買皮膚。

是暖暖啊：你逗我啊，人物搞成那樣，皮膚能好看到哪裡去？我不買。

初晏沒回覆她，也沒說話。

向暖心想：事關尊嚴與信仰，我是不會妥協的！╮(╯▽╰)╭

大概過了兩分鐘，她的微信有新訊息提醒。

初晏：買張飛，我唱歌給妳聽。

第十一章

是暖暖啊：那你先唱。

回完這則訊息，向暖在心中鄙視自己：幹嘛回那麼快啊！都不矜持一下！

兩人的ＱＱ通話還是連接狀態，所以初晏直接開口問她：『要唱什麼？』

「還可以點歌喔？」

『不一定，要看我會不會唱。』

向暖一時想不出要讓他唱什麼，於是說：「那你唱一首你唱得好的。」

『我唱得好的有很多。』

呵呵呵，真不謙虛。

向暖想到一個好主意，便說：「你看一眼你的聽歌軟體播放清單，現在停在哪首就唱哪首。」

『嗯。』初晏頓了頓，應該是在翻歌單。然後他說：『《夜空中最亮的星》。』

這首歌向暖聽過，很好聽。原先是一個比較小眾的樂團唱的，後來爆紅了，就有很多人翻唱。向暖感覺最好聽的還是原唱那個版本。

『這首我會。』初晏說：『妳現在可以把耳朵豎起來。』

向暖傻眼地吐槽：「又不是兔子。」

初晏開口了。

沒有伴奏，耳機裡全是他的嗓音。似乎是怕打擾到別人，他刻意把聲音壓低了一些。

『夜空中最亮的星　能否聽清

那仰望的人　心底的孤獨和嘆息……』

他開始得很突然，向暖本來還沒反應過來，但等他唱兩句，她的注意力就全被拉進歌聲裡了。

真是神奇。

『我祈禱擁有一顆透明的心靈

和會流淚的眼睛

給我再去相信的勇氣

喔　越過謊言去擁抱你……』

《夜空中最亮的星》這首歌的原唱有一種坦誠的力量感。閱盡滄桑，痴心不改，歷經孤獨，少年如初。穿過人性，它讓你看的是人類心底最初的純淨與真誠。

從這個角度來看，初晏乾淨的嗓音還滿適合這首歌的。

但他唱出了不一樣的風格。

也許是少了一些經歷，也許是因為沒有伴奏，也或者單純是因為唱功不夠好。總之，他唱得輕描淡寫，更像是一種委婉多情的呢喃。沒有原唱那種安靜卻蓬勃的力量感，他更像是耐心地溫柔低語，每一個咬字都清晰而生動地在耳裡迴盪。閉上眼睛，甚至能想像出他唱歌時的表情——沉靜認真的臉龐，眉眼間帶著一點笑意。

聽原唱，像是孤獨一人走在風雪交加的夜裡，站在無人的街頭仰望天空。

聽初晏唱，像是孤身一人漫步在雨夾著雪的夜裡，搓著手走到街角時，恰好看到一家燈火通明的奶茶店。

這個時候能表達心情的就只有會心一笑了。

他唱完一首歌，向暖還沉浸在這種情緒裡，無法言說的愉悅感。

初晏：『去買張飛。』

向暖：「……」不破壞氣氛會死啊！

向暖自己課金買了張飛，然後把初晏給的紅包都還給他。

是暖暖啊：（紅包）

是暖暖啊：唱得不錯，再來一首～

林初宴盯著她話尾的小波浪，感覺自己被調戲了。

※　※　※

向暖好遺憾，初晏沒有「再來一首」，而是又開了一局遊戲。

這局是匹配模式。

王者榮耀的五人組隊模式有兩種，一種是普通的匹配，一種是排位賽。前者不影響段位積分，後者顧名思義是用來累積成績爭段位的。

所以一個人如果拿到了不熟悉的英雄，一般會先去匹配裡練練。

向暖在這局遊戲裡簡單地熟悉了一下張飛這個英雄的技能。

張飛的第一個技能是「走開死基佬」，丈八蛇矛一掄，一下子就把面前的敵人掃飛。

第二個技能是「鍋從天上來」。張飛甩個金色的半透明大鍋，把自己和隊友扣住。這個大鍋是用來抵免傷害的，俗稱「護盾」。比如說，你現在有一個兩百點的護盾在身上，當敵人對你造成三百傷害時，這個護盾可以抵銷其中的兩百點，而你只需要損失一百點生命，非常划算。

張飛的第三個技能可不得了，是「醜男大變身」。使用大招之後，張飛從醜男變成超級大醜男，只要是正面看到他的敵軍都會被醜瞎，當場暈眩，動彈不得。而看到他絕世側臉的敵軍也會不受控制地倒退……

以上是向暖對這個英雄的理解。實際技能描述和她的描述有出入，但意思差不了多少。

張飛的大招非常有用，進可攻退可守。不僅如此，變身後的張飛使用技能時也會有不一樣的效果。原先的一二技能是輔助性質，張飛變成超級大醜男之後，一二技能都會有很高的傷害，還能使敵人減速，讓自己加速，特別可怕。

當然這個大招也不是那麼容易獲取，要賺怒氣值，怒氣值滿了才能變身。

向暖是第一次玩這個英雄，還是個白銀段位的嘍囉，她的理解比較粗淺。話雖如此，她還是很明顯地感受到這個英雄的有用之處。

最簡單的——如果有人打初晏，她只要來個醜男大變身，就可以把別人都推開，那樣瘦小的初晏就可以躲在她魁梧的身後了！

好吧，一切都很完美，除了……醜。

向暖變身後，看著螢幕上像隻大狗熊的自己，感覺心在默默滴血。

她對初晏說：「我都想閉著眼睛玩了。」

『別搗亂。』

後來向暖就開著醜張飛，去和初晏征戰排位賽。

初晏還是用孫尚香。

這兩天初晏發現了草叢的妙處。王者榮耀裡有好多處草叢，有大有小。人站在草叢裡可以看到外面的世界，外面的敵軍卻看不到草叢裡的你，除非是那種自帶雷達系統的敵軍，比如李元芳和哪吒。

所以初晏老是要向暖藏在草叢裡幫他偵察敵情。向暖這個時候還認為初晏這樣是在浪費人力資源，她大度便不和他計較……直到不久後，她看到人家職業戰隊打比賽時都喜歡這麼做，才知道其價值所在。

現在初晏有了張飛護身，開始不只追求偵察效果——他要利用草叢搞一些髒套路了。

向暖賺滿怒氣值後，初晏就讓她蹲在草叢裡，而他……跑去勾引敵軍。

是的，赤裸裸的勾引。

沒有隊友保護的射手就像一隻小肥羊，此刻孫尚香隻身暴露在敵軍視野裡，還不要臉地搶了人家的小怪。打小怪的敵軍玩的是劉備，劉備一看到孫尚香靠這麼近——呵呵，這是自己送上門來嗎……於是一點也不顧夫妻之情，提著武器就要家暴。

孫尚香連滾帶爬地跑了，姿勢很難看。劉備殺意更重了，追了上來，然後……然後他就被突然冒出來的張飛吼暈了。

張飛和孫尚香聯合起來把劉備狠揍一頓。

兩人這樣聯手搞了幾次，也不是次次都成功，但整體來說效果顯著。對方除了劉備，還有個劉禪，這對父子陣容挺有趣。可惜的是劉禪的職業定位是坦克，比較不好打，初晏只殺了他一次。

向暖對初晏說：「你真是太陰險了，哈哈。」

剛好就在這時，敵方劉禪在公共頻道罵她：對面的張飛真陰險！草叢婊子！媽的！

呃……

向暖默默冒了冷汗，心想：有必要這樣嗎？

而且陰險的明明是初晏，她好冤枉。/(ㄒoㄒ)/~

劉禪遊戲也不玩了，開啟了文鬥模式。公共頻道不停刷新他的罵戰，變換花樣問候向暖的女性親屬。

向暖雖然也知道遊戲環境複雜，什麼人都有，可是看到他罵得這麼難聽，她還是很生氣，又不想和他對罵，所以只能生悶氣。

初晏突然在公共螢幕上說話了。

初晏（我方孫尚香）：兒子，事到如今媽媽不得不告訴你一個真相了。

初晏（我方孫尚香）：你張飛叔叔，才是你的親爸爸。

向暖：「……」

這才是文鬥的最高境界。一句髒話也不說就能把敵人氣得腦溢血，還能兼顧到歷史文化與八卦內涵的傳承。

一個字，服！

第十二章

由於初晏出類拔萃的文鬥，對面的劉姓父子組似乎是心態不好了，後來向暖他們就贏了。
向暖莫名其妙就想到諸葛亮罵死王朗的典故。
嗯，嘴皮子溜也算是一種很厲害的遊戲操作方式。

※　※　※

第二天是星期日。向暖一早起來，看著面前的李白COS服傷腦筋。
是的，沒錯，她今天依舊要去宣傳拉客。
好頭痛……
她穿上COS服，脫下來，又穿上，又脫下……重複了好幾次。
閔離離看不下去，對她說：「暖暖妳其實是想體驗脫衣服的快感吧？妳這個變態。」
向暖尷尬地敲了敲她的腦袋。

後來她拿著衣服去樓下和沈則木會合。沈則木見她如此，似乎並未覺得意外。

向暖小聲說：「學長，我今天可不可以不去啊？」說著把衣服遞給他。

「嗯。」沈則木竟然答應得特別乾脆，然後他又說了：「衣服妳拿著，晚上自己還給歪歪。」

向暖知道沈則木是要包庇她。

她心裡一暖，笑了笑說：「謝謝學長。」

沈則木人這麼好，讓向暖忍不住又得寸進尺，於是問：「學長，你會報名這次的校園競賽嗎？」

「嗯。」

「王者榮耀？」

「嗯。」

「那……」她用食指點著下巴，眨了眨眼睛，鼓起勇氣問他：「你的隊伍還缺人嗎？」

「人滿了。」

向暖……QAQ

雖然早就知道他很受歡迎，但心裡那點小小的期望被澆熄時，她還是有點失望，輕輕地「喔」了一聲。

沈則木見她突然沮喪，彷彿從一顆青翠欲滴的小油菜變成小白菜，便難得多管閒事地問了一句：「妳也想參賽？」

「對啊，我想要那個，莊周的鯤。」

莊周的鯤是這次校園電競比賽項目王者榮耀的三等獎，造型和王者榮耀裡莊周騎的那隻鯤一模一樣，長度有兩百一十公分，可以當玩偶也可以當沙發坐。這樣的一隻鯤，在某寶上至少要一千塊人民幣才能買到。

向暖問沈則木：「嘉木學姊也在你們隊伍吧？」

沈則木又「嗯」了一聲，這次聲音有點輕。

向暖此刻的心態差不多就是「再見，白銀渣不配擁有愛情」，然後她傷心地回宿舍了。回去就找初晏玩遊戲。

兩個白銀渣玩了大半天，終於升到黃金。

向暖感覺自己彷彿做了一件大事，特別志得意滿。閔離離在這時輕飄飄地拋來一句：「暖暖，妳經濟學原理作業寫完了嗎？」

「啊！！！！」向暖慘叫一聲。

『怎麼了？』手機另一頭的初晏嚇了一跳。

「我這週的作業還沒寫呢，我先下線了，去寫作業。」

『我以為是什麼嚴重的事。』初晏的語氣像個老鳥，滿不在乎地說：『妳不會抄嗎？』

這是什麼餿主意啊……向暖好無語，反問他：「你經常抄作業嗎？」

『還算常。』

「高中也抄？」

『偶爾。』

偶爾已經不可饒恕了啦。向暖覺得挺不可思議的，又問：「那你是怎麼考上南大的？」

『用腦子考上的。』

啊……呸。

初晏傳了組隊邀請給她。那邀請視窗像是一隻溫柔的小手朝她揮舞著說：來嘛來嘛～

向暖感覺自己彷彿被什麼東西控制了，她按了接受。

一局，就一局……她心想。

一局一局又一局。

最後向暖自暴自棄地想：以前都沒抄過作業，這週可以體驗一次，就當作見世面……

兩人現在都升上黃金，向暖就有點自滿了，覺得可以賭一把，於是問初晏：「你有沒有看到電競社的宣傳？要辦校園競賽呢。」

『有看到，那個地主家的傻兒子。』

「……」我們可以不要提這件事情嗎？

初晏問她：『妳想參加？』

「嗯，我覺得獎品滿豐富的。」向暖小心翼翼地斟酌措辭。「不過現在我們兩個人，得和別人拼一下團。」

『不用拼團，我有三個室友。』

「那你室友願意來嗎？」

『他們都很聽我的話。』

向暖頗為驚訝，原來初晏這麼有人格魅力？向暖說：「那我們要不要組隊呢？搞不好會拿到名次呢……」

『妳確定？校園競賽是線下比賽。』

「呃……」

她只顧想著莊周的大鯤，竟然把這麼重要的比賽規則忽視掉了。線下比賽的意思是隊友們要在現實中坐在一起開黑，大家打照面。

向暖其實並不排斥和初晏見面，但發生了地主家的傻兒子那件事後，她覺得如果兩人見了面，她一定會被他瘋狂嘲笑。

然而剛剛話說得太急，都說到這分上了，她要是再改口又顯得做作。妳是天仙還是硝酸？就這麼見不得光嗎？

所以向暖覺得不然就見面吧。

不過有一件事要事先打好預防針——

「初晏，你要是見到我，不准笑我。」

手機那頭的初晏好像已經開始笑了，帶著笑意應了一聲：『好。』

他的笑聲擊中向暖的耳膜，把她弄得有點不好意思了。向暖問道：「那我們什麼時候見面呢？明天？」

『明天不行，週五吧。週五下午。』

「可以，我週五下午沒課。嗳，等等，我記得你好像有課啊。」

『嗯，不上了。』

向暖又對他傻眼了。翹課翹得這麼理直氣壯真的好嗎？

「你不怕點名嗎？」她問道。「沒去被點到名會扣操行成績。」

『沒關係，考試的時候考高分一點就行了。』

呵，呵呵呵……好想拉黑這種混蛋。

※　※　※

沈則木今天的工作量並不多，雖然向暖沒來，他到下午三點也把傳單發完了，於是打道回府。

歪歪打電話給他說：『沈則木，我有事，李白的衣服你幫我拿回來吧。』

「好。」沈則木如此回答。

歪歪又囉哩囉嗦了幾句，沈則木聽著他的嘮叨，突然想到向暖那張沮喪的臉……然後他有了一個想法。

沈則木和歪歪的關係很好，好到什麼程度呢？在必要的時候可以毫不猶豫地犧牲對方。

歪歪正嘮嘮叨叨，沈則木突然說：「歪歪，你委屈一下，暫時退隊吧。」

歪歪說：『……什麼意思？？？？』

「我說這次王者榮耀的比賽，你自己去找隊伍。」

『什麼鬼？憑什麼？神經病啊？沈則木你是不是在外面有了新歡？你——』

沈則木聽得雞皮疙瘩都起來了，便掛掉電話。

然後他打給向暖。

※　※　※

向暖拿衣服給沈則木時，臉色已經變得很好，一邊走還一邊哼著歌。沈則木看到她又從小白菜變回小油菜，便微微地挑了一下眉。

向暖把衣服遞給他時，他看似漫不經心地問了一句：「妳找到隊伍了嗎？」

「找到了，學長。」向暖笑著回答。

沈則木湧到嘴邊的話像退潮般吞了回去。他看著向暖的笑容，淡淡地「嗯」了一聲。

第十三章

沈則木不喜歡現在的感受。他之所以希望把向暖拉進隊裡，也是想藉此答謝她的幫忙。如果這次嘗試回報失敗，那就意味著他還是欠她一個人情。

他不喜歡欠錢或者欠人情。有來有往，兩不相欠，是他最認可的狀態，也是最能讓他感覺到安全的狀態。

從這個角度來看，他可以算是強迫症末期了。

沈則木提著那套COS服回到寢室，看到歪歪正在和同班男生打麻將。

「你不是有事嗎？」沈則木如此問歪歪。

「這不是事嗎？」歪歪回答，摸了張二筒打出去，然後說：「我覺得我們電競比賽可以再加一個打麻將的項目。」

沈則木將衣服放在他桌上。

歪歪提到電競比賽，立刻又想起另一件事，就生氣地說：「我說沈則木，你什麼意思？要把我踢出隊伍？」

「開玩笑的。」
「……什麼鬼？」
「我是說，你現在可以歸隊了。」
「沈則木你他媽吃錯藥了吧！……哇靠，九萬我要，等等等等！」
沈則木坐下來，登入王者榮耀，從好友列表裡找到向暖，查看她最近的遊戲資料。
向暖最近常用的英雄……呃，張飛？
這女孩，口味還滿獨特的……

※　※　※

向暖收到沈則木贈送的皮膚時，心情著實有些複雜。
男神送她皮膚了，這本來應該是件振奮人心的事，然而，張飛的皮膚……真的不是很感興趣耶……雖然這款皮膚還挺貴的……
她寧願要小喬的，就算沒機會用，放在包裹裡欣賞也好啊。
真的不是很能理解男神的品味。ㄟ(╯_╰)ㄏ
不管怎麼說，男神的面子是要賣的，所以向暖裝備上了那個亂世虎臣的皮膚。王者榮耀裡所有皮膚都有微量的屬性加成，這個加成也就是聊勝於無，不影響遊戲平衡。大多數人買皮膚的目的都是要好看的外觀，就跟人喜歡穿漂亮的衣服上街是一樣的道理。

雖然不喜歡這個皮膚，向暖的心情還是有點蕩漾。她傳訊息給沈則木：學長，收到皮膚了，好喜歡。\(^o^)/~

澤木：嗯，喜歡就好。

是暖暖啊：謝謝學長！

澤木：不客氣。

是暖暖啊：學長怎麼突然想到要送我皮膚呢？

澤木：要答謝妳。

向暖一愣。還以為沈則木想撩她呢，原來只是為了答謝之前的幫忙嗎……嗚，有點失望。

※　※　※

向暖問閔離離：「妳說，一個聲音特別好聽，個性有點賤的人……會長什麼樣子呢？」

閔離離回答：「根據我的經驗，聲音越好聽的人長得越醜。畢竟上帝是公平的。」

「真的是這樣嗎？」向暖好吃驚。「可是妳看那些新聞主播……」

「新聞主播是從十幾億人當中挑出來的，當然好看啦。」

「也對喔。」

晚上，向暖更新了一則朋友圈：以貌取人是膚淺的，我這個人比較注重內涵。

林初宴看到是暖暖啊更新的朋友圈，更加肯定他的猜測了——這個女孩大概長得比較醜，對外貌沒什麼自信，所以才要求「見面時不要笑她」。

嗯，他需要傳一些安撫的訊息給向暖。

於是向暖在發完朋友圈二十分鐘後，收到了來自初晏的讚。

我這麼善良，不管你多醜，我都不會嫌棄你的……他們倆不約而同地這麼想。

彷彿達成了什麼神祕的契約，兩人都頗為滿意，互道晚安和明天見。

※　※　※

星期五下午，向暖傳語音給初晏：『你要怎麼過來啊？』

林初宴查了一下路況資訊。雖然不是尖峰時間，但路上有幾段紅色擁塞，保險起見，他決定搭公車。

公車有專用車道。

初晏的語音：『坐公車。』

向暖：「嗯嗯，那滿方便的，有直達車。」

初晏：『妳在做什麼？』

向暖：「弄頭髮。」

初晏回了一個「嗯」，淡淡的，語調輕快。

向暖覺得他可能誤會了，以為她是特意為了見面而打扮。其實這麼理解也沒錯，但她不是想打扮漂亮，而是……正在嘗試變換造型。

搞不好初晏就因此認不出她了呢……

「我可不是為了要和你見面才做造型的。」向暖辯解了一句。

初晏顯然不信，回了一句悠長的「喔～」。

向暖只好說：「初晏，我祝你在公車上遇到色狼喔。」

向暖的髮質很好，頭皮健康，髮絲濃密烏黑，飽滿油亮，沒有分叉。美髮師摸著她的頭髮，特別喜歡，加上她長得漂亮，美髮師好捨不得她走……所以，雖然向暖只要求修剪劉海，美髮師卻花很多時間免費幫她剪了髮梢。

向暖一臉狐疑地說：「你該不會是想跟我推銷辦卡吧？」

「不是。」

「推銷燙染髮？」

「不是……」

「推銷美容美體？頭髮保養？頭部SPA？紋眉？脫毛？」

美髮師被嚇到了。「同學，妳很懂啊……」

向暖哈哈一笑說：「你們這些套路我都知道。我趕時間，你先幫我剪頭髮。」

「好。」美髮師點點頭，又委屈地小聲說：「我沒有要對妳推銷東西。」

「安啦安啦。」

美髮師總算幫她弄好了。向暖看著鏡中的自己，劉海放下來遮住額頭，黑長髮披在肩上，有幾綹垂到胸前，擋住臉的邊緣……和那天的李白判若兩人。不錯不錯，她自己都快認不出來了呢。

離開美髮店，看到路邊有擺地攤賣墨鏡和襪子。她花二十塊人民幣買了一副大墨鏡戴上。

完美！

看看時間，還很充裕，所以她沒叫計程車，而是搭了公車。

向暖今天和初晏約在鳶池校區的校內咖啡廳見面。現在她從美髮店附近坐公車回去只要兩站。也是她運氣好，等了五分鐘公車就來了，上去還有座位。

她坐下後，又上來一個老太太。

向暖想讓座給老太太，她的屁股都快離開座位了，哪知道坐在她前面的一個男生動作更快，站起來示意老太太坐他的座位。

老太太坐得快狠準，動作異常敏捷，坐下後也沒道謝。

男生似乎也不怎麼在意。他個子高高的，手臂輕輕一抬，抓住頂部的扶手，公車啟動時晃了晃，他卻站得很穩。

他離向暖滿近的，近到向暖平視時視線正好落在他的腰部。

他穿著一件有點舊的白色T恤，T恤上印著一些圖案。可能因為洗的次數太多了，圖案都有些脫落，像毀壞的牆面。視線往上移，原本想看看他的臉，視野卻被他握著手機的手擋住了。

他的手有些大，那麼大的手機都被他完完全全地拿在手裡。然後手也很好看，手掌清瘦，手指修長而均勻，指甲底部有小小的月牙。向暖好像聽媽媽講過，有小月牙就代表這個人身體很健康。

因為有墨鏡阻擋，她不擔心被人發現，就有點肆無忌憚地老盯著人家的手。

男生似乎察覺到什麼，將手機放低，看了她一眼。

向暖一陣心虛，連忙把頭轉開。

她的表情平靜得像個性冷淡，但情緒波動卻彷彿太陽黑子一樣活躍：喔呵呵呵！這個男生長得很好看嘛！

由於她自己就長得好看，所以她對「好看」的標準高於常人。

即使是以她的高標準來說，即使只是那驚鴻一瞥，即使還隔著一層大墨鏡……方才那一瞬間還是足以讓她認定他真的很好看。

喔，不只好看這麼簡單，更重要的是氣質。

一般來說，長得過於精緻的男生，不管他自己願不願意，總難免會有點像女孩子。但是這個男生不是，他雖然也是五官精緻，但氣質很乾淨陽光，完全沒有脂粉味。

他給人一種清秀又挺拔、純淨又磊落的感覺。

向暖忍不住又轉過頭偷看他。這次她注意到他的髮型——竟然是中分。

中分對男生的臉要求比較高，一個不小心就有可能變成漢奸頭子或是鬱鬱不得志的公務員大叔。

男生再次察覺到，視線又落了下來。

向暖也再次轉過頭。

如此重複了好幾次。

向暖在心裡吐槽：別人也在看你，為什麼你就只抓我一個人啊……

好吧，不看了，不看總行了吧？不就是長相嗎？誰沒有啊？

向暖賭氣似的把頭轉了九十度，看向走道那邊。

不看還好，這一看，天啊，她看到了什麼？

有個色狼在性騷擾一個女生？

光天化日眾目睽睽，膽子好大！

色狼的手指在女生的身上肆無忌憚地摸。那個女生看起來很膽小，不敢反抗，往旁邊挪了挪，可惜現在車上有點擠，她只能挪開一點距離，然後色狼又黏上來。

向暖氣得心臟激烈跳動。她看不過這種事，在包包裡翻了翻，想找一把凶器，卻只找到一把指甲剪。

沒關係，正義就是我最大的武器……她這樣為自己鼓舞士氣，然後起身。

那個男生再次比她快了一步。她剛站起來，就看到他已經走過去，到色狼身後。長臂一抬，牢牢握住上方的扶手。另一手收起手機，然後……搭在色狼的腰上。

色狼好像有點反應不及，轉頭看了他一眼。

從向暖的角度可以看到色狼大部分的臉，還有男生的一小部分側臉。

這時她看到男生微微偏著頭，輕輕勾起嘴角，好像笑得很邪惡的樣子。

邪惡得連好看的臉部線條都有點扭曲了。

他落在色狼腰間的手繼續往下，然後輕輕拍了一下色狼的屁股。

色狼也顧不得性騷擾別人了，他自己此刻正遭受到水深火熱的性騷擾呢。於是色狼躲到一邊，嘴裡輕輕罵了一句。

不敢罵太大聲，畢竟……對方比他高大，光看就知道打不過。

男生追著色狼，又去拍他的屁股。

色狼忍無可忍地說：「你這個死變態！」

由於男生不斷地性騷擾，公車停下時，色狼如釋重負，落荒而逃。

向暖偷偷看那個男生，發現他從包包裡拿出一包濕紙巾，開始仔細地擦手。

擦了好幾分鐘還在擦，看來他的心理陰影也滿大的。

擦著擦著，男生的視線又飄過來。

向暖連忙轉回頭，正襟危坐。

公車到最後一站，所有乘客都要下車，車站就在向暖的學校西門。向暖跟著人群下車，走進學校時發現那個男生跟她同路。

難道是校友？

她有點好奇，但不想跟他搭訕。剛才屢次被他發現自己在偷看他，讓向暖覺得好沒面子。於是各走各的。

男生好像也不太願意和她一起走，於是兩人很有默契地拉開一段距離。她在前，他在後。

然而今天同的路也太巧了，直接同行到了目的地。

向暖站在咖啡廳門口掏出手機，傳了語音給初晏：「你到哪裡了？」

然後，她從身後那個越走越近的男生手機裡聽到了自己的聲音：『你到哪裡了？』

第十四章

這真是歷史性的一刻，漢奸頭子與大墨鏡的會晤。

兩人隔著兩三步的距離，沉默互望。一陣風吹過，咖啡廳門口那棵老國槐的枝葉隨風晃動，抖落幾片黃葉，打著旋飄下來。

彷彿是幫這尷尬的一幕增加更加尷尬的特效。

向暖有點懷疑自己剛才其實出現了幻聽。

林初宴：「是暖暖啊？」

他一開口，她就確定那不是幻聽了。這聲音太耳熟了。

向暖表面不動聲色，內心卻有一萬頭羊駝呼嘯而過。她有點猶豫，要轉身走呢？還是要轉身跑……

林初宴微微仰頭看了一眼天空，然後說出了兩人見面後的第二句話：「今天陰天，妳為什麼戴墨鏡？」

向暖發現他真的認不出她。

她鎮定心神，學閔離離輕輕推了推鏡框，找到一個比較有說服力的理由：「花很多錢買的，捨不得拿下來。」

林初宴忍不住又看了一眼她挺翹鼻梁上架著的「雷朋」眼鏡，那質感讓他彷彿聽到了久違的擴音器廣播：「買啥都兩元人民幣，統統都兩元人民幣……」

在公車上，林初宴就發現這女孩有點古怪。戴著大墨鏡不說，還總是偷看他，最要命的是他竟然覺得她有點眼熟。

這難道就是傳說中的一見如故嗎？

總覺得這成語不是這樣用的……

林初宴收起心中的疑惑，走到向暖面前朝她伸出手說：「我叫林初宴。」

向暖看了一眼他的手。是很修長好看沒錯，但是這隻手剛才在一個男人的屁股上拍了又拍……有點嫌棄怎麼辦？QAQ

好了好了，他也是為了做好人好事，我不可以嫌棄好人……向暖這樣想著，跟他握了手。

他的手掌很溫暖。

「我叫向暖。」她小聲說。

林初宴輕輕「嗯」了一聲，推開咖啡廳的門，兩人走了進去。

咖啡廳裡的光線比外面暗很多，即使如此，向暖也捨不得拿下她「昂貴的」眼鏡。這導致她一進咖啡廳就像個瞎子一樣受人矚目，走路撞到人家的桌子，差點摔倒。

林初宴及時拉了她一把。

「兩位喝什麼？」收銀員問他們。

牆上的價目表是手寫的，有點凌亂。林初宴看了身旁的向暖一眼，發現她正吃力地透過墨鏡辨認價目表。

向暖說：「我要一杯拿鐵，和一個提拉米蘇。」

林初宴不喝咖啡，點了一杯白茶。

兩人拿好東西，找到座位坐下，然後……嗯。

這可能是所有從二次元發展到三次元的友誼都要經歷的：尬聊。

林初宴半垂著眼，悄悄打量向暖。

女孩是瓜子臉，臉部線條柔和不突兀，清秀端正。鼻子小巧挺秀，唇形清晰飽滿。

單從這半張臉來看，怎麼都和「醜」字扯不上關係。

難道是因為她臉上有胎記，像水滸傳裡的青面獸楊志那樣？所以她才執著於戴墨鏡……林初宴被這個大膽的猜測嚇到了。

向暖不知道要說什麼，就吃東西，一邊吃一邊慶幸自己機智地點了吃的，現在不至於沒事做。

然而，從她吃第一口開始，林初宴的表情就變得古怪。

沒錯，他在公車上只是覺得這個人有點眼熟，但是現在看她吃東西的樣子，咀嚼時的動作以及吃著吃著偶爾抿一下嘴的小動作……他十分確定自己一定在哪裡見過她。

在哪裡，在哪裡，在哪裡見過妳……

「妳是……」林初宴腦子裡彷彿閃過一道亮光，脫口而出：「地主家那個傻——」

「噗——咳咳咳咳！」向暖嚇得狂咳。

林初宴非常貼心地遞紙巾給她。

她簡直說不出話了，擦了擦嘴，喝口咖啡順順氣，然後說：「這樣都能被你看出來？你眼睛是鑲鑽的嗎！」

「真的是妳。」林初宴想到那天那一幕就笑了。

一開始還很客氣地只是抿著嘴笑，笑著笑著實在忍不住，便笑得越來越開。

最後眼睛彎彎的，露出一口整齊的小白牙。

向暖急了，墨鏡一摘，扔到座位旁。「你答應過不笑我的！你不許笑！」

「我沒有笑，只是臉突然抽筋了。」他說著還特意舉起手揉了揉臉，裝得煞有介事。

真的是，沉迷演戲無法自拔。

向暖著實想把提拉米蘇丟到他臉上。

冷靜、冷靜，我可是淑女……她在心裡如此提醒著自己，低頭咬牙說：「你可別栽在我手裡，哼哼。」

「別生氣了。」林初宴說著，還是忍不住笑。「我帶了禮物給妳。」

「哦？」她總算抬起頭看了他一眼。「別笑了！」

「嗯，不笑。」林初宴說著，低頭翻找包包，從單肩包裡拿出一個小盒子給她。

「這是什麼啊？」向暖接過盒子。

長方體的盒子，包裝只有底部是紙質的，其他五個面都是透明塑膠，像個水晶蓋子罩著裡面的東西。

而裡面是個公仔。

一個……張飛的公仔。

向暖看著盒子裡的張飛。看得出做公仔的人已經盡力去美化他了，但是不好意思，沒用。

她面無表情地看著林初宴說：「你是不是故意的？」

別人不知道她嫌棄張飛，但難道初晏還不知道嗎？她每天都要吐槽的。

所以現在他送張飛公仔是什麼意思啊……

看著她一臉嫌棄的樣子，林初宴莞爾地說：「別生氣，還有一個。」說著又掏出一個盒子。

這次還是個公仔——孫尚香的公仔。

張飛和孫尚香，正好是他們這幾天一直在用的陣容，從白銀升到黃金全靠這兩個英雄。

林初宴把兩個公仔並排放在她面前。

怎麼看都像是一對奸夫淫婦。

但他們的江山都是這對奸夫淫婦打下的，所以向暖現在心裡還是有那麼一點感動。

她不生氣了，把兩個公仔收好，對初晏說：「好吧，謝謝你的禮物。我沒有準備禮物給你，我就今天晚上請你吃飯吧。」

「第一次見面應該由男生請客。」

「沒關係啦，又不是相親。」

時間還早，兩人便坐在一塊開了局遊戲。一打遊戲，他們之間那種熟悉感就彷彿回來了。林初宴現場指揮向暖，向暖覺得和連麥唯一的差別就是，現場的聲音比電話裡的聲音更真實更好聽。

玩了兩局遊戲，林初宴問她：「妳那天為什麼要穿成那樣？」

他真的搞不懂。喜歡COS、喜歡女扮男裝都無所謂，但為什麼要穿那麼大的衣服？像把彩色的麻袋披在身上，看起來特別傻。

「我就解釋一次。」向暖說：「那是我男神穿過的衣服。」

第十五章

向暖說：「那是我男神穿過的衣服。」

林初宴聽到這句話，第一反應竟然是：「有洗過嗎？」

向暖傻眼地說：「當然有洗！你當我是變態嗎！」

「我認為妳的思路有問題。」林初宴說：「正常思路都是打扮漂亮去吸引男生的注意力。妳穿成那樣，還指望男生喜歡妳？不打妳就不錯了。」

「呃……」向暖有點被他說動了，卻又不想承認，於是揮一揮手說：「算了算了，懶得跟你解釋。」

看看時間，差不多該吃飯了。向暖問林初宴想要吃什麼，林初宴想了一下說：「學生餐廳吧。」

向暖知道他這是還有傳統觀念，覺得第一次見面不應該讓女生請客。然而向暖不以為然。身為鳶池校區的地頭蛇，她覺得有必要擺一擺排場，於是說：「去購物廣場吧，我知道有一家烤肉店，王者榮耀玩家去了可以打折。」

兩人現在都是黃金段位，在那家烤肉店能打到八折了。

購物廣場就在學校附近，走路十五分鐘。他們散著步去吃飯，這對俊男美女的組合一路上吸引了很高的回頭率。

兩人都不好意思告訴對方：來之前以為對方不好看，還為此特意在穿著上費了心思，以求降低對方在長相方面的壓力。

林初宴穿了很舊的衣服，揹著三十五塊人民幣的單肩包。

向暖則是穿了牛仔吊帶褲和白球鞋，走休閒中性風。

這可說是非常體貼了。

走在路上，向暖收到閔離離傳來的訊息：怎麼樣怎麼樣？妳的網友長什麼形狀？

向暖：很好看喔！

閔離離：蝦咪？？？

閔離離：傳照片傳照片！

閔離離：好後悔沒和妳一起去！是誰說醜的！(╯_╰)#

向暖：……是妳自己好嗎？-_-#

閔離離哭喊著要照片，向暖悄悄地放慢腳步，舉起手機想偷拍林初宴。但是林初晏突然察覺到了，好像是有點不好意思，低著頭，抬起手擋住她的鏡頭。

向暖從他張開的指縫間隱約看到他的表情，像是在笑。

最後，照片的大部分內容是他擋鏡頭的手。

向暖把這張照片傳給閔離離，並說：我盡力了。

誰知閔離離的反應卻是：嗚嗚嗚！手好看！

向暖好無言，心想這傻丫頭也太好唬弄了。

她問閔離離要不要過來一起吃飯，閔離離卻很遺憾地表示她在郊區玩，就算現在趕回去也來不及了。

※　※　※

到了烤肉店。因為今天是週四，加上兩人來得早，所以坐上了有沙發的位子。沙發很寬，兩張沙發坐得下六個人。

兩人面對面坐下，服務生拿了兩本菜單給他們。服務生現在比較閒，就站在他們桌邊等點菜，順便欣賞一下美貌。

林初宴剛翻開菜單第一頁就不懷好意地問服務生：「有奶黃包嗎？」

向暖這時候剛把一雙紅木筷子抽出來，聽到他這樣說，就氣得用筷子敲了敲他的手背說：「這個哏你要玩多久啊！」

林初宴躲了一下，笑得很欠揍。「我只是想看妳吃奶黃包。」

「不、吃！」

向暖正要翻菜單就聽到有人喊她，那聲音飽含驚喜：「向暖？」

她抬起頭，看到從不遠處走來的姚嘉木……以及沈則木和歪歪。

這三個人剛走進烤肉店時，姚嘉木本來走在沈則木後面，但是看到向暖後，她的步伐快了幾分，迅速地跑到沈則木前面，搶先一步坐在向暖身邊並說：「沒想到妳也在這裡，一起吃吧？」

向暖就這樣眼睜睜失去和男神坐在一起的機會，心臟好痛。TAT

但是表面還要裝作很開心的樣子說：「好啊好啊。」

姚嘉木坐下後，向暖往裡面挪了挪讓位子給他們。沈則木動作很自然地拋棄死黨歪歪，坐在姚嘉木的身邊。

向暖的心臟又痛了一下。

歪歪只能坐在林初宴旁邊了。

坐下後，沈則木隔著姚嘉木朝向暖點了一下頭。向暖很有禮貌地說：「學長、學姊好，這個人是——」

「林初宴。」

不等她介紹，三個人異口同聲叫出林初宴的名字。

「原來你們認識啊？」

「不認識。」

呃……

向暖看看林初宴，發現他也是一臉茫然，看得出確實不認識那三位。

歪歪解釋：「我見過你，你去年在校團委幫我取過檔案，我還跟你說過話。」

沈則木說：「我有一個在交響樂團的朋友提過你。」

姚嘉木則接著說：「我是聽學生會的人說的，你的照片在學生會的微信群組瘋傳，你自己不知道吧？」

向暖發現林初宴的經歷還真豐富。

「你到底加了幾個社團？」向暖問他。

「現在一個都沒有了。」

「為什麼啊？」

「因為無聊。」

好吧……

不管怎麼說，在哪兒混都能混成傳說，不停被人提起，這也算是很大的本領了。

雖然向暖嚴重懷疑他的知名度全是靠一張臉打出來的。

向暖把菜單拿給姚嘉木，姚嘉木又傳到沈則木的手裡。

沈則木翻著菜單，眼角餘光掃到向暖把玩筷子的手。他想起向暖小孩子般的喜好，便問服務生：「有奶黃包嗎？」
向暖：「………」
她看到坐在對面的林初宴低著頭，肩膀輕輕顫了顫，她知道他在笑，於是惱羞成怒又用筷子敲他的手說：「不許笑啊！」
林初宴抬起頭，右手拄在桌沿，手掌虛握成拳頭遮著嘴，眼睛彎成兩道月牙，笑咪咪地看著她。
沈則木不明所以地看了他們一眼。「不想吃奶黃包？」他如此問向暖。
「不吃不吃！」向暖連忙說了。
他淡淡地「嗯」了一聲。
服務生送來三套新的餐具，沈則木多要了一雙筷子，隔著姚嘉木遞給向暖。
向暖說：「學長，我有筷子。」
「不衛生。」
不衛生是因為剛才筷子頭敲過林初宴的手。
這確實不衛生。向暖吐了吐舌頭。
林初宴輕輕挑了一下眉。
沈則木點好了菜，闔上菜單時，突然聽到林初宴問他：「學長，你以前是不是穿過李白的COS服？」

沈則木：「嗯。」

於是林初宴「喔」了一聲，語調像是故意拉長。因為他的聲線好聽，刻意拉長的語調並不顯做作，反而有點餘韻悠長的味道。

沈則木有點莫名其妙，看了他一眼，接著挪開視線掃過向暖，只見她低著頭，耳根微微泛紅。

等上菜的空檔，他們幾個人閒聊。歪歪問林初宴是哪裡人，結果林初宴是南山市本地人，和歪歪一樣；向暖是臨市，離他們倒也不遠；姚嘉木和沈則木都是Z省人，兩人是老鄉。

歪歪又問林初宴住在哪一區。

「我住郊區。」林初宴回答。

歪歪已經觀察到林初宴穿的舊衣服，這時就特別善解人意地說：「嗯嗯，那你們等著發財吧，現在城市擴建這麼快，等拆遷你就成為富二代啦。我住在老市區，我爸媽也天天盼著拆遷呢。」

林初宴笑著「嗯」了一聲。

姚嘉木問林初宴和向暖是怎麼認識的，聽說是因為打王者榮耀，她興致一來便說：「不如我們五個開黑吧？來來。」

向暖有點為難。她不想和姚嘉木一起玩，尤其沈則木也在。同時在男神和情敵面前丟臉，那就是丟雙倍的臉。

林初宴視線掃過向暖的臉，見她輕輕鼓起腮幫子，嘴角往下壓。這個動作導致下嘴唇微微凸起，像一條隨時要吐泡泡的小金魚。

林初宴問姚嘉木：「學姊妳是什麼段位？」

姚嘉木：「我是王者，你呢？」

林初宴回答：「喔，等妳掉到黃金再來找我玩。」

向暖差點笑出聲。這傢伙，明明自己段位低還能硬是擺出一副「妳高攀不起我」的姿態，簡直是霸氣外漏與厚顏無恥的完美結合，服氣服氣。

林初宴用開玩笑的語氣說出這番話，姚嘉木也不好說什麼，打個哈哈就過去了。

最後他們也沒一起開黑。

吃完飯，一行人結完帳往外走。向暖和林初宴走在前面，林初宴對她說：「妳今天穿得像是國中生。」

真是哪壺不開提哪壺！向暖可後悔今天這樣穿了，早知道會遇上沈則木，她一定把自己打扮成小仙女。

「你穿得像個乞丐。」她回敬林初晏。

沈則木三人落後，見前面兩人不知道在說什麼，說著說著，向暖突然抬起腳作勢要踢林初宴。林初宴為了躲她，身體幾乎凹成一個字母「C」的形狀，側著臉笑咪咪地看她。

沈則木總覺得今天的向暖格外鮮活，像是一幅灰色的鉛筆畫突然上了色。

歪歪感嘆：「年輕真好啊！」

姚嘉木傻眼地說：「我們是有多老啊？不就大一兩歲嗎！」

「我看起來很可怕嗎？」沈則木這時突然冒出這樣一個問題，把另外兩個人問得完全摸不著頭腦。

※　※　※

林初宴把向暖送回寢室，他自己叫了車回學校。

向暖回到寢室後，問了林初宴一個她很想問又不好意思當面問的問題。

是暖暖啊：你是為了準備要送我的禮物才延後見面時間嗎？

初晏：想得可真美。

是暖暖啊：哼o(一︿一o#)

向暖覺得林初宴這個人有時候挺壞的，有時候呢，又挺好的。

第十六章

向暖剛回寢室，椅子都還沒坐熱就又下樓，取了個包裹。

包裹好大一個，是媽媽寄來的，裡面是秋冬的衣服。向暖決定今年少買幾件衣服，省下來的錢課金買皮膚。她高中時就老是幹這種事，跟爸媽撒嬌要錢買衣服，結果轉頭是去奇蹟暖暖裡面買。

好吧，嚴格說來，那確實也算「買衣服」。

向暖是獨生女，爸媽本著「女兒要富養」的原則，從小就沒在物質上虧待過她。再加上女兒本來就漂亮，他們便覺得自家寶貝愛美是天經地義……所以向暖得手的次數還不少。

把包裹拿回宿舍後，向暖打了電話給媽媽。

「媽媽，衣服收到了。」

『嗯，暖暖，最近怎麼樣？新生活還適應嗎？』媽媽語氣總是那麼溫柔。

向暖本來不想家的，可是一聽到媽媽說話，突然就想他們了。「媽媽，我想妳和爸爸，想吃妳做的飯。」

媽媽笑道：『妳已經不是小孩了，要學會自己一個人生活。』

「嗯。媽媽，爸爸呢？」

『去朋友家串門子喝茶……晚上喝茶，神經病。』

向暖笑出聲，說道：「也不是所有茶喝了都會睡不著……爸爸最近有畫畫嗎？」

向暖的爸爸是美術學院教授，國畫師。爸爸比較另類，不太畫山水花鳥這些，最喜歡畫的是小貓小狗。她小時候，爸爸的創作欲還滿強烈的，畫了很多貓堆在家裡。後來產量越來越低，現在只是偶爾興致來了才動一動筆。

媽媽回答：『沒有畫。很多人都求他畫，但他不想畫就躲起來，結果別人找上我，難道我就不煩嗎？』

「那妳也躲起來吧。」

『我能躲到哪裡去，我還得上班呢！』

媽媽是美術學院教務處的職員，離退休還很久。

向暖就這樣聽媽媽嘮叨爸爸，都是些瑣事，她也不覺得煩，偶爾還被逗笑。當了一會兒媽媽的貼心小棉襖後，她問媽媽最近在做什麼。

『我買了毛線，打算幫小雪織件衣服。冬天快到了，小雪怕冷。』

小雪是她家養的貓。

「那我呢？」向暖充滿期待地問。

『妳自己買。』

向暖：＝＝

那妳讓小雪當妳的貼心小棉襖吧……向暖酸溜溜地想著。

寢室沒別人，她就這樣靠在窗前，跟媽媽東扯西扯地扯了一個小時。

向暖掛斷電話時，閔離離正好回來。閔離離提著一個大包包，看起來很累的樣子，大眼鏡都歪了。一進門，閔離離就對向暖說：「暖暖，我買好吃的回來給你們啦！咦？暖暖，妳網友呢？」

「早就走啦。他要回主校區呢。我看看妳買了什麼。」

閔離離把裝著小吃的塑膠袋掏出來遞給向暖，繼續問：「照片呢？」

「沒有啊，就只有給妳的那一張，全是手的……妳不是滿喜歡嗎？」向暖接過塑膠袋，看到小糕點、牛軋糖，都是本地的特色小吃。

閔離離好不甘心地追問：「沒拍別的？」

「沒有。」

閔離離說：「妳怎麼這麼笨啊！他既然長得好看，妳就該多留幾張。」

向暖也搞不清楚「長得好看」與「多留幾張」有什麼必然的邏輯關係，她一攤手說：「妳不早說。」

閔離離問：「那他是讀什麼科系的？」

「物理系的，他叫林初宴。」

「林初宴！」閔離離的聲音陡然抬高了幾分，像是很驚訝。

「妳不會也認識他吧……」向暖好無言啊，感覺好像除了她，全世界都認識那個林初宴？

「我認識他，他不認識我。我跟妳說，他可是我們學校論壇的常客。」

向暖一臉恍然。「果然是宅男，喜歡逛論壇。」

「不是，不是他逛論壇，是別人討論他……妳還記不記得我跟妳講過，我們學校有個男生人品不好，女孩子跟他告白時，他當面笑場那個？記得嗎？」

「記得，那個彈鋼琴的。」向暖說著，還張手做了幾個動作模仿。「彈琴像抽羊癲瘋，可快了。」

「對！就是他！」

向暖感覺聽到了很不得了的八卦。不過那股興奮的勁還沒起來，她又覺得不對，搖頭說：「我覺得不太可能。」

根據她和林初宴的接觸，這個人雖然有時候滿賤，讓人牙癢癢，但是他其實挺有教養的，不會做出那麼沒禮貌的事。

林初宴套路那麼多，拒絕女孩的方法肯定也多，絕不至於當面嘲笑。

閔離離說：「暖暖，妳可不要被那個渣男的表象騙了，被嘲笑的女生親身證實過，她也是大一的，特別可憐。那兩天『林初宴』這個名字都快洗版了。好像是第三天吧，他真身上陣去論壇發了一篇文章。」

「他澄清了？」

「不是，他發文出租高級西裝，一天一百人民幣。」

「……」向暖覺得林初宴這個人真的不能用常理去推測。

「那後來呢？」她問閔離離。

「後來那個受害者女生專門在論壇申請了一個新板叫『林初宴去死』，現在那個板活躍人數還滿多的。」

向暖好傻眼，問道：「這種板也能通過審核嗎？」

「這個審核流程是管理員會先知會當事人，如果當事人反對，當然不會通過。最後這個板放出來了，說明林初宴沒有反對。妳說他不是心虛是什麼？」

這都什麼亂七八糟的……向暖覺得好頭大。

最後，閔離離拍著向暖的肩膀，語重心長地說了：「年輕人，這個世界遠比妳想像的還要複雜。」

※　※　※

林初宴回到寢室，他的三個室友正圍在一起打撲克牌。他們坐在地上，鄭東凱的位置離林初晏的書桌最近，林初宴覺得行進困難，便用腳尖輕輕踢了一下鄭東凱的屁股。

鄭東凱往旁邊挪了挪，眼睛盯著撲克牌，問道：「初宴，你的網友怎麼樣，漂亮嗎？」

林初宴沒有回答這個問題。他抱著手臂俯視他們說：「我有事情要宣布。」

身為站在二〇八寢室食物鏈頂端的男人——林初宴發話了，另外三人就很給面子地暫時把目光移向他。

林初宴說：「你們吃了我那麼多零食，是時候用身體償還了。」

居高臨下的角度本來就氣場十足，再配上這種臺詞，就顯得有點可怕了。

鄭東凱抱起胸，一臉驚恐地說：「你是什麼意思？你終於要對兄弟下手了嗎？我早就覺得你不對勁，我們看島國愛情片你從來不一起！」

林初宴強忍著沒用腳去踩他的臉。「我說的是遊戲。」

遊戲，王者榮耀，五缺三。

「第一輪比賽在期中考之後開打，我希望你們能盡快升到黃金，給你們一週的時間。」林初宴說。

「好吧好吧。」三個室友收起撲克牌，開始下載遊戲。

「不懂的就問我。」林初宴儼然一副老鳥的模樣。

鄭東凱、毛毛球和大雨這三個人都有其他同類型遊戲的經歷，和林初宴不一樣。林初宴以前只玩音樂遊戲。

所以他們三個也很快就上手，並沒有很多問題要問林初宴。

林初宴登入遊戲，等了一會兒，等到向暖上線。

兩人連麥、組隊、開遊戲，像往常一樣。不同的是，今天的向暖話突然變少了。

林初宴有點奇怪，問她：「妳怎麼了？」

向暖糾結了一下，還是問出心中的困惑：『論壇裡有個叫你去死的板，你知道嗎？』

「知道。」

『你為什麼不反對呢？』

「如果我阻止那個女生在網路上洩憤，她無處發洩了，萬一在現實中潑我硫酸呢？」

好有道理……-_-#

向暖從他所說的話裡捕捉到了重要的資訊。『所以，你確實做了那樣的事？當面嘲笑別人的表白？』

「這件——」林初宴有點無奈，忽然一笑，說：「這件事，得由妳來負責。」

『關我什麼事啊？』

林初宴卻不回答了。他操縱孫尚香跑到自家野區。「幫我打紅。」

他所謂的「紅」，指的是紅 Buff 怪，殺完之後能獲得一個正面的增益效果，可以使攻擊增加傷害，同時附帶減速效果。身上帶著紅 Buff 去追殺別人真的很爽。與紅 Buff 相對應的是藍 Buff，可以減少技能冷卻時間，增加法力回復。兩種 Buff 怪都是九十秒更新一次，但狀態在身上只能持續七十秒，有一定的真空時間。因此，有人覺得自家Buff不夠用，會想辦法去敵方那邊「偷Buff」，就是俗稱的「反藍」、「反紅」。

林初宴特別有保命意識，很少以身涉險去偷Buff，都在自家打。

向暖一邊幫林初宴打怪，一邊仍不屈不撓地追問：『到底是怎麼回事？你不要把鍋丟給我啊！』

林初宴：「反正因為妳，都沒人跟我表白了。」

『是你自作孽，關我什麼事啊！』

這件事兩人最後也沒爭辯出個結果，向暖的注意力漸漸被戰場吸引。

敵方勢力當中有個諸葛亮。

諸葛亮這個英雄的長相可以在所有男英雄裡排前三。不僅長得好看，更難得的是身材也好，穿上一身「星航指揮官」的制服，邁開長腿在戰場裡跑，光看就特別養眼。

王者榮耀裡某個英雄的美貌度其實和運氣有關。不管一個英雄的原畫有多好看，到最後建模的效果會怎樣都說不準。比如嬴政，原畫一看就是酷炫總裁，建模之後變成了智障少年。很多玩家不滿，覺得建模和原畫嚴重不符，要求開發組修改。開發組也是別出心裁，直接把原畫也改成智障少年，這樣一看就非常一致、非常完美了。

玩家內心只覺得見鬼了。

所以，與嬴政之流相比，諸葛亮能夠擁有這麼棒的長相和身材，運氣相當不錯。

眼前這個諸葛亮不僅長得好看，體力跟招式也很強。諸葛亮的大招帶有斬殺效果，意思是能按照敵方已損失生命值的百分比來增加傷害，如果敵人沒剩下太多血量，諸葛亮一個大招下去就是一條人命。最要命的是，這個大招如果殺人了，就可以大幅降低冷卻時間，意思是他可以很快再用大招。

可說是相當凶殘。

向暖和林初宴在一起，前期被敵人圍毆了好幾次，導致林初宴沒能發展壯大，可憐的孫尚香像個營養不良的小女孩。

反而是敵方諸葛亮收了幾個人頭，成了暴發戶，裝備買個不停，簡直太愜意了。

中期團戰時，敵方諸葛亮在戰場中走位風騷[2]，進進出出，拿了個四殺。

林初宴操作的孫尚香被壓制得很慘，向暖也保不住他，眼睜睜看他被神奇的諸葛亮殺了一次又一次。

這局遊戲最後自然是輸了。

向暖感嘆了一句：『諸葛亮好帥啊！』

林初宴沉默不語。

兩分鐘後，林初宴傳了一張圖片給向暖。

圖片的背景是一個小本子，內容是孫尚香和張飛並排的頭像，頭像下面有三個黑色的大字：離婚證。

向暖…………

2 走位風騷：指玩家利用地圖盲點或預判對手動向，走的路線能避開後來對手的攻擊。

第十七章

向暖：不要離婚，我還沒簽字。

向暖：我說的是諸葛亮那個英雄好看，和操作無關啦。

向暖：不要生氣好不好，小香香～

一連傳了三則訊息，都像石沉大海般，林初宴沒有回覆，也沒在QQ通話裡出聲。向暖小聲說：「不會吧？真的生氣了？」

林初宴開口了：『登入遊戲。』

向暖切回到遊戲，看到他的組隊邀請。

她按了接受，說道：「我還以為你生氣了呢。」

『沒有。』他聲音有點低，虛飄飄的，聽起來像是在……害羞？？

黃金段位的渣渣匹配速度非常快，進遊戲後開始選英雄，向暖立刻選了張飛。一開始玩張飛的時候，她還抗拒掙扎過，但每次都被林初宴打壓，後來她就懶得計較了，現在都是立刻就選，完全不猶豫。

唉，說多了都是淚。

不過張飛醜歸醜，確實很好用。身為坦克型輔助的他功能很全面，算是個百搭英雄。選好張飛之後，她靜待隊友們選擇。

林初宴遲遲不選孫尚香，向暖正覺得有點奇怪，結果他選了個諸葛亮。

「哈！」向暖不厚道地笑了。

林初宴沒說話，向暖的耳機裡一片安靜。

等遊戲載入之後，向暖發現林初宴不僅買了諸葛亮，在這麼短的時間內連皮膚都買了，現在穿著星航指揮官的衣服邁開長腿跑，騷得不得了。

向暖：「現在可以誇諸葛亮帥了嗎？」

耳機裡傳來他的笑聲，輕快又撩人，好聽得過分。『可以了。』

向暖心想：張飛先和大嫂勾勾搭搭，現在又和諸葛軍師眉來眼去，真是蜀國一朵交際花啊……算了，不想了，都快吐了。

她操縱張飛跟在諸葛亮身旁，走出去不遠，聽到諸葛亮的人物配音說：『智商太低會傳染，離我遠一點！』

向暖：「……」這臺詞也太不友善了吧？

林初宴又笑，笑聲裡有幾分幸災樂禍。

向暖說：「我不管你了，我要去找魯班玩。」

下路是個魯班七號。魯班七號這個英雄有點慘，是王者榮耀裡幾乎所有英雄欺負的對象，所以小魯班確實更需要張飛的保護。

林初宴在匹配場裡熟悉了一下諸葛亮這個英雄的技能。

諸葛亮是一個靠被動技能打架的男人。諸葛亮的被動是「五環之歌」——他的技能每打中目標一次，都會往自己身上套個環環，環環湊足五個之後就可以自動啪啪到別人身上，打得對方懷疑人生。這個時候如果配合大招，那食用效果就更好了。五環之歌消耗血量，大招放蛋蛋收割人命，如果大招成功殺人了就能直接再為自己套個五環啪啪啪，並且殺人後的大招很快又更新……

嗯，子子孫孫無窮無盡。

這麼一想是很美好，但諸葛亮的技能設定對新手不太友善。第一個技能三顆球球很容易打不到人，打不到人就湊不了環環；第二個技能更誇張了，需要諸葛亮距離敵人比較近時才能打到人，諸葛亮的定位是脆皮法師，靠別人太近很容易被壓著打……不過這個技能也有一個好處——三段位移，逃跑飛快。

總之，要玩好諸葛亮就需要足夠的意識操作和經驗，缺一不可。

林初宴玩了兩場匹配，就帶著向暖去征戰排位。

然後，嗯，他把諸葛軍師玩成了諸葛村夫。

向暖不太忍心回憶這個過程，反正到週六時，他們從黃金掉回了白銀。

向暖默默地發了一張諸葛亮和張飛的離婚證給林初晏。

而與此同時，林初宴的室友們——在他眼中可歸為「智商太低會傳染，離我遠一點」這類人群的室友們，靠著其他同類型遊戲的經驗，只用不到三天的時間就一起升到了黃金。

林初宴冷漠地看著他們。

室友們瑟瑟發抖：爸爸，我們錯了！┬┬﹏┬┬

第十八章

王者榮耀的排位賽，相鄰的段位可以組隊，差更多就不行了。所以目前林初宴的白銀和室友們的黃金可以組。

他的三個室友拿到了各自以前習慣的位置。鄭東凱打野；毛毛球玩戰士走上路；大雨則用射手走下路。

打野，顧名思義就是打野怪。王者榮耀的地圖，夾在三條官道之間的都是野區，中間由一條河流隔開，河流兩邊分屬各自的勢力範圍，野區裡分布著大大小小的野怪。擊殺野怪可以獲得很高的經驗值，使玩家更快升級。一個優秀的打野能夠用很高的效率升級賺錢，然後在三路之間遊走，支援隊友。

一般來說，打野肩負著帶動全場節奏的重任。

向暖見林初宴像變魔術似的飛快地拉進三個段位一模一樣的隊友，便有點懷疑地問：「這是你從淘寶買來的嗎？」

手機那頭傳來一陣爆笑，不是林初宴的聲音。

『不是。』林初宴回答。這件事他並不想解釋得太詳細，所以只說了這兩個字。然後他告訴向暖：『我開擴音，室友都在。』

「喔喔。」向暖連忙說：「你們好！」

鄭東凱感覺這個女生還滿可愛。因為初宴回來之後就對這次見面隻字不提，鄭東凱懷疑這女生可能長得不怎麼漂亮，不過性格挺好的。

鄭東凱說：『妳好，暖暖。』

林初宴糾正：『她叫向暖。』然後林初宴替向暖介紹：『我的室友，鄭東凱、毛毛球、大雨。』

雙方熱情地認識了一下，接著就開始玩遊戲。

鄭東凱用的打野英雄是趙雲；毛毛球的戰士是亞瑟；大雨用的射手是魯班，這幾個都是菜鳥國家隊成員。他們玩的時間不長，也沒錢買別的英雄。

向暖還是選了穩妥的張飛。

留給林初宴的位置只剩法師了。

他的拇指在諸葛亮的頭像上方懸著，猶豫了一下，最後選了妲己。

向暖鬆了口氣。真怕他又用諸葛亮啊……

妲己是個狐狸精，頭上兩個狐狸耳朵，身後一條大尾巴，走路時一扭一扭的，慢得讓人想打她。妲己的人物建模很失敗，原畫是魅惑少女，到遊戲裡就變成了魅惑村花。這樣一個怎麼看怎麼不可靠的英雄，爆發力卻強得驚人。

妲己的技能很簡單，但是很可怕，最可怕的是二技能。很多英雄的技能可以靠走位躲掉，但是妲己的二技能自帶導航系統，躲不掉。她只要朝你扔小心心，你就得接住，接住之後就會暈在當場無法行動，然後妲己會趁你睡著時把你這樣那樣，等你醒過來已經非死即殘。

妲己的口頭禪是「妲己陪你玩」。當狹路相逢的妲己說出這句話並朝你扔小心心時，請務必做好被這個小村花玩壞的心理準備。

妲己是王者榮耀裡赫赫有名的「草叢三騷」之一，蹲在草叢裡等人路過時突然跳出來對敵人打一套連環招，套路簡單卻屢試不爽。

所以這個魅惑村花走的是狡猾路線，想玩好妲己就一定要練好草叢陰人。

林初宴最喜歡草叢了。連張飛這種光明正派的輔助都能被他放在草叢裡陰人，還有什麼是做不到的呢……

蹲在草叢裡的妲己讓林初宴彷彿找到了自我。

所以這局遊戲打著打著，妲己就超厲害了。

向暖看著超強的林初宴，感覺自己今天從黃金掉到白銀的慘痛經歷彷彿是場幻覺。

其實妲己能變超強都要歸功於張飛的細心呵護。妲己這個英雄的生存能力很弱，哪怕林初宴手速再快，以他目前對這個遊戲的經驗和意識，無法做到什麼風騷走位。他所有的風騷都在要詐和心機上了。

如果沒有向暖的保護，不知道他會死多慘，更別提超強了。

鄭東凱對這類遊戲的理解比較深刻，玩了一會兒就發現了。『向暖，妳張飛玩得滿好的，放大招的時機掌握得很好。』

「真的嗎……」向暖天天當林初宴的小弟，都沒人誇過她，這下子她特別開心，並說道：「毛毛雨和大球，你們躲在我後面，我可胖了，不怕打。」

『我們是毛毛球和大雨……』

「喔喔，對不起對不起，我又喊錯了，我剛剛是想更正的……」

『沒事沒事。我覺得待在張飛的胯下超有安全感。』玩魯班七號的大雨說道。

向暖傻眼，心想：這是什麼形容啊？？

不過，魯班七號個子太小了，張飛變成超級醜男之後又很高大，這樣一看……呃呃呃，不能再看了……

在那之後他們玩得還算愉快，除了偶爾遇到那種實力差距特別懸殊的五人隊。

「這麼厲害的人還在黃金待著啊？」向暖覺得奇怪，感覺這樣的對手深不可測。

『那些都是代練車隊。』鄭東凱解釋：『五人排位很容易遇到代練的。』

晚上登出遊戲後，林初宴傳了一則訊息給向暖：還要離婚嗎？

向暖傳了一張妲己和張飛的結婚證給他以示安撫。

林初宴的妲己今天的確表現不錯，值得再婚。

嗯，才幾天，張飛已經是個結三次婚的男人了。

向暖收到電競社官方帳號的推送訊息，是競賽項目的更新。她掃了一眼，發現最新的競賽項目加了「國標麻將」。向暖順手把項目列表截圖傳給林初宴，問他：你看看，你還有沒有別的想報名的項目？

林初宴的拇指滑動，從上往下掃視了一遍，回答：節奏大師和國標麻將，都幫我報名吧。

向暖：喲，少年你很全能嘛！

向暖：有沒有興趣來我們電競社發展啊？

林初宴：好。

她只是心情好就開個玩笑，沒料到竟然收到他的回覆。

就這樣，一不小心發展了一個下線。

※　※　※

向暖把林初宴的報名項目和社團申請表都交給了歪歪，歪歪彷彿釣到一個大客戶般興奮。向暖覺得有點奇怪地問：「歪歪學長你這麼興奮，不會是暗戀他吧？」

「向暖妳不懂。林初宴可是知名人物，迷妹很多。他來我們社團的話，對我們的發展茁壯很有幫助。」

向暖問道：「為什麼主校區沒有電競社，只有我們校區有？」

「原本是有的，後來那邊不願意和我們交流，自己活動也辦不好，就解散了……向暖，妳告訴林初宴，他已經通過考核，記得來開會。」

這兩週因為有期中考，電競社的例會把兩次合併成一次。

向暖不知道林初宴方不方便過來，畢竟兩地隔得滿遠的。她隨口問了他一句，沒想到他答應了。

向暖覺得這個人也太好說話了。

「你可以不來的。」向暖提醒他：「請假也沒關係。」

『嗯，反正沒事做。』

林初宴平時講話的聲音總是有點閒散，像個無所事事的少年。

現在看來，他還真是無所事事。

向暖問他：「你不用複習嗎？」

『不用。』

向暖有個問題早就想問他了。「林初宴，你既然不愛念書，為什麼要選物理系呢？」物理那麼難 QAQ

『因為簡單。』林初宴回答。

呵，呵呵……向暖好後悔，為什麼總是給他囂張的機會。

※　※　※

晚上的例會是七點開始，向暖照習慣總是會早到一會兒。今天大風降溫，她穿了淺粉色的毛衣外套，怕風吹亂頭髮就隨便紮了馬尾，看起來清爽俐落。

她的皮膚白皙透亮，毛衣的顏色又很襯膚色，顯得她氣色特別好。現在她手肘拄在粉色真皮筆記本上，托著下巴無聊地聽身旁的人講話，目光晃動，時不時看向門口。

林初宴剛出現在門口時，兩人的視線正好對上。

向暖笑了。她笑起來眼睛特別靈動，眼裡像是有星光，嘴角翹起，牽動柔和的臉部線條緩緩舒展，讓人聯想到緩慢綻放的粉白色荷花瓣。

坐在她身旁喋喋不休的男生看呆了。

林初宴也對她笑了笑。

林初宴穿著一件藏青色的短風衣，風衣剪裁很好，襯得他身材一級棒。

他一出現在門口，許多人的目光都飄向他。向暖暗自感嘆：難道這就是傳說中的氣場嗎？好奇妙啊……

林初宴走向她，但她身邊已經沒位子了。他面不改色地拍了拍向暖身旁的那個男生並說：「同學，外面有人找你。」

「誰啊？」男生依依不捨地站起來。

遊。

「不清楚，是個女生。」

一聽到是女生，那男生的動作快了幾分，很快就離開了。

林初宴拉開椅子坐在向暖身邊，往後一靠，動作慵懶閒適，不像是來開會的，倒像是來旅

向暖問他：「林初宴，你是哪個學校的？」

「南山大學。怎麼了？」

「不對，你是中央戲精學院的。」她說了個低級笑話，把自己逗笑了。

林初宴本來不覺得這笑話有多好笑，但是看到她笑，他也跟著笑了。

沈則木走進來時恰好一眼就看到他們，兩人像傻瓜一樣笑得天真無邪。

現在的年輕人智商真是江河日下。

第十九章

今天的會議內容有兩個，一個是優秀成員評選。歪歪社長說：「社團和班級都有優秀成員的名額，我們社團有兩個，你們可以先報名，之後我們再投票。」

另一件事還是電競比賽。

「贊助的事情我已經搞定了。」歪歪社長強調了一下，等著大家為他鼓掌。

社團成員們果然很賣力地為社長喝彩。

之後歪歪社長得意忘形，又開始嘮叨。

向暖無聊地開始在本子上寫寫畫畫。

初晏像個乖寶寶，坐姿端正，表情認真地看著歪歪社長。

向暖用筆帽輕輕戳了戳他的手臂。

林初宴偏過頭看她，朝她挑了一下眉，露出疑問的表情。

向暖小聲說：「別動。」

他看到向暖翻開新的一頁，用碳素筆在空白的紙上開始畫輪廓。他會意過來，轉過身朝向她，一隻手肘拄在桌上，手背抵著臉歪頭看她。

還挺會擺姿勢……向暖失笑。然後她說：「嗯，笑一下。」

林初宴笑起來很好看。現在他姿態很放鬆，唇邊掛著淺笑，眉目舒展，目光淡然而溫柔。

向暖筆動得很快。

她的筆記本是那種沒有格子的，她叫這種本子為「素顏本」，她喜歡用素顏本。

在爸爸的薰陶下，向暖小時候學過一點美術，可惜因為沒什麼耐心，只練出三腳貓的水準。學的時候覺得是天大的折磨，等終於解脫之後沒那麼抗拒了，反而發覺繪畫的樂趣。所以現在她無聊的時候就會畫幾筆，水準有限，純粹是畫著玩的。

這時，向暖只花了幾分鐘就把林初宴畫好了。畫中的他臉龐精緻秀氣，目光柔和，神態慵懶，臉上掛著淡淡的笑意……嗯，大致上傳神。

她總覺得少了點什麼，用筆頭點著下巴略微思考，隨後賊笑著在林初宴的頭上又畫了兩個毛茸茸的狐狸耳朵。有了大耳朵的林初宴從裡到外透著一股乖巧可愛。

然後向暖寫道：

To 林妲己

暖神，11.11

OK，大功告成了。向暖看著那對毛茸茸的大耳朵，越看越滿意。她把這一頁撕下來，遞給林初宴。

林初宴看到畫裡的自己，覺得很好玩。他朝向暖勾了勾手，等她靠近一些時，他也靠過去，在她耳邊低聲說：「謝謝。」

刻意壓低的聲音很動聽。無關內容，就是聲音好聽。

向暖跟他拉開距離，迅速地揉了一下耳朵。

散會之後，林初宴把那張畫放進口袋裡，對向暖說：「我請妳吃宵夜。」

「好啊。」

向暖把碳素筆夾在本子裡，和林初宴一起往外走。

經過沈則木時，向暖偷偷看他，發現他剛好也在看自己。她有一種被逮個正著的心虛感，連忙朝他擺了擺手，露出一個燦爛的笑容說：「學長，我們走啦，再見！」

「嗯。」沈則木點了一下頭。

一個字也沒多說。

向暖有一點點失落。走出活動中心後，林初宴問她：「要吃什麼？」

她收起心情。「我想吃關東煮，還有玉米。」

走出學校東門過馬路，有一間二十四小時營業的便利商店，裡面賣的關東煮很好吃，也有賣玉米、包子、三明治、粥湯之類的速食。

今天外面風很大，滿冷的。向暖揪緊了外套，很想把手伸進口袋裡，但是她還得拿著筆記本。

林初宴見狀，接過她的筆記本放進自己的風衣口袋，放完筆記本的口袋還裝得下他的手。向暖覺得他的風衣口袋像個小書包。

兩個人就為了吃東西，頂著風跋涉到東門的便利商店。向暖拿了心心念念的關東煮和老玉米，林初宴點了份紫菜魚丸湯和一個包菠菜蝦仁的大包子。

結帳時，收銀員說：「今天是光棍節，情侶可以半價。」

向暖表示不服：「明明是光棍的節日，為什麼光棍不打折，情侶能打折？不公平。」

「這個世界對單身狗的惡意就是這麼大。」

向暖胸口一痛。

「好吧，其實我們是情侶。」向暖指指自己又指指林初宴。「你幫我們打折吧。」

「你們親一下，我才相信。」

向暖看著林初宴，林初宴也垂下視線看著她。她和他對看了幾秒鐘，感覺為了一頓半價宵夜就要把初吻賣了……這種事不符合社會主義核心價值觀。

於是她揮一下手。「好了，我們不是情侶。你結帳吧。」

便利商店的角落貼著玻璃窗，擺著一道L型的吧檯，吧檯旁有幾張高腳凳可供人們在這裡落腳吃東西。兩人端著食物在吧檯旁坐下，向暖想吃玉米，可惜太燙了，她便把玉米放在吧檯上，呼呼地吹氣。

吹了一會兒，她抬眼瞄了一旁的林初宴，發現他正在翻她的筆記本，一邊看還一邊評論：

「妳的字很漂亮。」

與同齡的人相比，向暖的書法很好，無論軟硬筆。畢竟她老爸是國畫家，國畫對書法的要求很高。如果畫得很漂亮，結果落款時一手爛字，別人可能會忍不住翻白眼。

向暖一心都在玉米上，聽到他的誇獎就漫不經心地說了聲「謝謝」。然而她突然想到一件事，於是去搶筆記本。「喂，你別看了！」

來不及，已經看到了。

——筆記中間夾著幾張畫，無一例外，全是畫沈則木。

林初宴把筆記本闔上，高高地舉起來。他的手臂比向暖長太多了，她根本搶不到。

「還給我啊！」向暖著急地說道。

「急什麼，我又不是不知道。」林初宴說著把筆記本還給她。

向暖為自己的那點心思紅了臉。

林初宴說：「如果他看到妳的筆記本，就知道妳暗戀他了。」

「你不要說出來啊……」向暖小聲嘟囔一句，臉更紅了，接著又說：「他又不會看到。」

「萬一呢？」

「那怎麼辦，難道要我撕掉？」

林初宴一副安慰的語氣說：「不用。我有一個辦法，就算被他看到了也沒關係。」

「什麼辦法啊？」

「妳閉上眼睛，數十秒。」

向暖閉上眼睛開始數數。

林初宴抓起桌上的碳素筆——那是剛才一直夾在筆記本裡的，他翻看筆記本時將它放在桌上。他的手速在這個時候有了充分體現，只花不到十秒鐘就在四五張沈則木的畫像上全畫了豬鼻孔。

向暖數到十，睜開眼睛，看到的是男神那張英俊的臉……上的豬鼻子。

啊啊啊啊啊，瞎了！

她不甘心地一張一張翻，一共五張，全部都被改了，所有沈則木都長了豬鼻子。這是什麼變態的手速啊！！

向暖快氣死了。「林、初、宴。」

林初宴從向暖睜開眼睛時就一直在笑，只是不敢笑出聲，怕她生氣。現在他抿著嘴忍得很辛苦，肩膀輕輕抖動。見向暖要發脾氣了，他連忙說：「不要生氣，我唱歌給妳聽。」

「你以為唱歌就能解決問題嗎！」

「一整個星期都唱歌給妳聽，每天都唱。」

「你、你……你給我說話算話！」

嗚嗚嗚，其實好想拒絕，可是拒絕不了。我鄙視自己！

向暖現在的內心被多種複雜的情緒填滿了。為豬鼻子男神感到氣憤，因這種憤怒無法發洩而鬱結，又對林初宴充滿仇視，又為自己的輕易妥協感到慚愧，除此之外，還有一點她不想承認卻又無法忽視的小小竊喜——畢竟能聽林初宴這傢伙唱一星期的歌了……

情緒的拉扯使她的表情有點變幻莫測，像練錯了功，走火入魔。林初宴觀察她的表情，小心翼翼地提醒她：「玉米應該不燙了，可以吃了。」他的語氣卑微，像是怕驚動她。

向暖氣呼呼地拿起玉米，狠狠咬了一口。

她看著筆記本上的沈則木，一邊吃玉米和關東煮。心在滴血，胃倒是挺舒服的。

過了一會兒，林初宴拍拍向暖的肩膀，示意她看向收銀臺。

她轉過頭，發現是沈則木和歪歪。他們已經選好宵夜，正在結帳。收銀員依舊對著兩個男生說了那句話：「今天光棍節，情侶可以半價。」

歪歪立刻抓起沈則木的手說：「我們是情侶。」

「你們親一下，我才相信。」

歪歪有點猶豫要不要親沈則木。他覺得反正大家是兄弟，其實可以不計較那些的，對吧？

於是他試探著湊近一些。

沈則木早已抽開被歪歪抓著的手，這時一掌蓋在他臉上，用力推開。

然後又補了一腳。

歪歪被踢到好遠，他有點委屈地嘟囔著：「昨天還叫人家小甜甜，今天就拳打腳踢。」

沈則木聽了只想砍人。

「結帳，不用打折。」沈則木說了。

收銀員問：「兩個人要一起結嗎？」

「不，我不認識他。」

沈則木結好賬，一轉頭，恰好看到向暖和林初宴。兩人坐在高腳凳上，向暖手裡拿著一根玉米，半邊腮幫子微微鼓起，嘴角還掛著玉米粒；林初宴則是手裡拿著一串吃了一半的丸子。

那表情讓沈則木又想起了「傻瓜」這個詞，這個詞簡直就是為這兩人量身打造的。

沈則木瞇了瞇眼睛。很好嘛，一邊吃東西一邊看戲。

沈則木現在特別尷尬。平常歪歪也會跟他開這種玩笑，他反應沒那麼激烈，但是今天就覺得很尷尬。他端著東西走向吧檯，向暖的視線一直追著他，由遠到近。

他走到向暖身邊時，鬼使神差地說了一句：「我是直的。」說完又在心裡罵了句髒話。這點小事需要解釋嗎？

向暖傻傻地點了點頭說：「我知道。」她心想：我暗戀半天的男神要是喜歡男的，那樂子可就大了……

沈則木現在渾身上下都彆扭。他移開目光，隨意一瞥，剛好看到向暖面前攤開的筆記本。然後他看到了自己的臉，以及……臉上的豬鼻子。

沈則木：「……」

想砍人。

第二十章

向暖欲哭無淚。

她不知道該不該向沈則木解釋一下。如果她告訴沈則木臉是她畫的但豬鼻子不是，那就等於承認她偷偷喜歡他、觀察他；如果不解釋，那就是默認了她對他的敵意……左右為難。

最後向暖只好把本子朝林初宴一推，模稜兩可地告狀：「是他幹的。」

林初宴從善如流地把本子拿過來，放進自己的口袋，用一種大義凜然般的倔強眼神看向沈則木說：「這筆記本是我的。」

很好，一個男生用粉紅色的筆記本，真是棒呆了。

事情莫名其妙就變得欲蓋彌彰，越描越黑。向暖本來還想辯解，結果被沈則木略顯凜冽的眼神一掃，大腦有一秒鐘斷片。她張了張嘴，不知道該說些什麼。

沈則木不發一語，把宵夜端回到收銀臺說：「我要帶走。」

收銀員動作熟練地裝好，見他提著要離開，收銀員說：「今天在本店消費的顧客可以免費獲得精美紀念品。」

歪歪像個專業的相聲捧哏，適時地丟出一句：「紀念品是什麼呢？」

「單身狗貼紙。」收銀員說著，指了指前臺掛在烤香腸機附近的一堆貼紙。

向暖聞言也望過去。

不得不說那紀念品真是……顧名思義，言簡意賅，名副其實，說是單身狗貼紙就真的弄一個柴犬狗頭。這年頭，如此實在的商家真是不多見了……

沈則木掃了一眼那些「精美禮品」，有一瞬間懷疑自己被智障包圍了。

他拒絕了收銀員的饋贈，提著宵夜默默地離開便利商店。

嗯，腳步有些快。

向暖隔著玻璃窗看著他遠去的背影。

林初宴安慰她：「妳放心，他不會因為這種事生氣的，男人沒那麼小心眼。」

歪歪端著自己的宵夜走過來，也說：「說的對，向暖妳不要擔心，他沒生氣。他只是不好意思，面子掛不住。」

「都怪你。」向暖瞪了林初宴一眼。

林初宴好脾氣地把她的責備照單全收。他掏出筆記本還給她。

歪歪覺得這兩人坐在一塊真是賞心悅目，不管做什麼都好看。他可以就這麼看著他們，多吃一碗飯。

※ ※ ※

晚上，向暖回到寢室後糾結了一下，終於還是傳了訊息給沈則木。

向暖：學長，對不起，那真是一個誤會。TAT

沈則木：沒事。

向暖：你不生氣了吧？

沈則木：我沒生氣。

沈則木不至於因為這點幼稚園水準的抹黑而動怒，但他又無法控制地感到困惑以及彆扭。

忍了一會兒，沈則木還是問了：妳很討厭我嗎？

向暖：沒有沒有，我沒有討厭學長。

沈則木：嗯。

沈則木差點就相信她了，然後他刷了一下朋友圈，看到林初宴剛剛發的一則訊息。

林初宴：收到一份禮物。（圖片）

圖片是一幅畫，畫中的林初宴獲得了最大程度的美化，還擁有兩隻刻意裝可愛的狐狸耳朵。畫的落款是「暖神」，不用猜也知道是誰。

凡事就怕比較，比較之後有了落差，再微不足道的事情也會帶來一點心理不平衡。

以沈則木的性格倒是不會追問什麼，他只是默默地關掉聊天視窗，退出微信。

兩人的對話就停留在他最後那個「嗯」字上。

向暖看著他們的聊天紀錄，有點失神。想再說點什麼，又不知該說些什麼。

她正在發愣，林初宴就傳了一則訊息給她。

林初宴：我的新頭像好看嗎？

向暖發現他的新頭像是她為他的那幅畫，他還特地調了色。原先畫紙的顏色是純白，現在變成昏黃，像是被時光浸染的照相紙，和緩溫柔。

向暖點開他的朋友圈，看到他新傳的那一則訊息。

向暖笑了，默默地點了讚。

然後回覆林初宴：好看。

林初宴看到這兩個字時牽動嘴角，問她：想聽什麼？

等了幾秒，沒等到她的回覆。

他點開朋友圈的訊息提醒，看到來自媽媽的留言。

媽媽：親愛的兒子，雖然我和你爸爸確實擔心過你會被狐狸精勾引，但是，我們也不希望你自己變成狐狸精——最愛你的媽媽。

林初宴傳訊息給媽媽：媽媽，妳今年生日想要什麼禮物？

媽媽：孩子你長大了，媽媽好感動！

林初宴：媽媽別誤會，我沒錢買禮物給妳。

然後他就被媽媽刪好友了。

林初宴有點遺憾，又傳訊息給爸爸：爸爸，媽媽刪我好友了。

爸爸：啊？你說了什麼？

林初宴：我只是按照你的要求，問她今年想要什麼禮物。

爸爸：這樣就刪你？你有毛病吧？

林初宴：這樣就刪我，難道你不該說是媽媽有毛病嗎？

爸爸：你這樣說我老婆，你想死嗎？

林初宴：……

林初宴：那你自己問吧，我不管你們的事了。

爸爸：唉，其實我知道她想要什麼。

林初宴：那你就去弄。

爸爸：弄不來。

林初宴：這世界上還有你弄不來的東西？

爸爸：別提了，一言難盡。

林初宴：說說看吧，我想聽。

爸爸：你這個小毛頭，跟你說了也沒用。

林初宴：有用，可以讓我開心。

然後他又被爸爸刪好友了。

被爸媽拋棄的林初宴保持平常心，退出聊天視窗後，看到來自向暖的回答。

向暖：我想聽貝加爾湖畔~（*/∇＼*）

林初宴低垂著眉角笑了一下，回了一個字：好。

第二十一章

不得不說，林初宴的嗓音很適合唱貝加爾湖畔。

清澈、乾淨、柔和，靜靜流淌的字詞，千迴百轉般的訴說，溫柔、繾綣，不疾不徐。

閉上眼睛，她彷彿能看到明亮的篝火和柔軟湖水上反射的細碎月光。

大風降溫的天氣裡很適合聽這樣的歌。

林初宴唱完一首歌，向暖還沉浸在那個貝加爾湖畔的世界裡。

耳機裡一片安靜，兩人都沒講話。她聽到他唱完歌後的呼吸聲，細微得像一陣輕風。

林初宴開口了：『登入遊戲，我室友回來了。』

向暖依依不捨地說：「我今天不想玩遊戲，我想聽你唱歌。」

『一天一首，別得寸進尺。』

「哼。」

向暖默默地登入遊戲。

林初宴把聲音放出來，向暖聽到鄭東凱說：『初宴，我們也想聽你唱歌。』

林初宴說：『好，我去買個高漸離。』

鄭東凱：『……』

高漸離在王者榮耀裡的人設是一個搖滾歌手，拿著一把吉他，冷不防就開始飆歌。最後善良的鄭東凱攔著林初宴，不讓他去買高漸離。他覺得林初宴的妲己玩得滿好的，沒必要練別的英雄。第一次玩這類遊戲的人最忌諱見一個愛一個，今天玩這個、明天玩那個。很多英雄需要在實戰中鍛鍊、理解，若玩兩局就換，最後的結果只有什麼都玩不好。

鄭東凱看過林初宴的英雄池，他認為林初宴是人傻錢多、見一個愛一個的花心大蘿蔔。現在五人都登入遊戲，依舊是菜鳥國家隊的陣容，只有向暖的張飛高級一點。這個段位的玩家對輔助的重視程度嚴重不足，菜鳥們喜歡存錢買殺人如麻的英雄，所以向暖開著張飛在黃金段橫行顯得有點另類。

林初宴玩了幾天妲己，開始對一個名叫「阿軻」的英雄充滿仇視。

阿軻很陰險，大招能隱身，悄悄靠近敵人，打敵人個措手不及。這還不是最陰險的，最陰險的是阿軻只要從敵人背後攻擊，必定能暴擊。

阿軻的定位是刺客，擅長收割人頭。看到一個殘血，阿軻開了隱身悄悄摸到敵人身後，穩穩地一套連招帶走。殺人之後的阿軻大招更新，又能隱身去收割下一個敵人。

就是這樣讓對手氣得牙癢癢。

像妲己、魯班這類玻璃砲臺，獨自遇上阿軻時總是分外尷尬。掉頭就跑的話會把菊花留給阿軻，那樣阿軻砍起人來會招招暴擊；如果鼓起勇氣正面迎敵，一樣打不過。反正跑不跑都是死。

阿軻因其陰人的屬性，成為王者榮耀裡最常見的刺客，從低端局到高端局，到處都是。

大雨用魯班，每次遇到敵方有阿軻都會瑟瑟發抖。他不斷提醒向暖：『向暖妳要跟著我，我會害怕。』

「大球不要怕。」

『是大雨……』

「大雨不要怕。」

林初宴又說：『向暖跟著我。』

妲己也是很需要保護的。

但有時候向暖分不開身，只好用很慈祥的語氣說一句：「你自己小心一點。」

換來的是林初宴輕輕一哼。

鄭東凱：『妲己寶寶不要怕，到子龍哥哥懷裡來。』

『滾。』

鄭東凱的趙雲是課六塊人民幣送的英雄，是王者榮耀裡最便宜的英雄之一。王者榮耀裡每個英雄都有其獨特之處，不能用價格來衡量好壞。任何一個英雄，玩好了都能上天。

鄭東凱的趙雲玩得很好，他這種「好」，以目前林初宴和向暖的水準還暫時看不透。

身為帶動全場節奏的打野，鄭東凱偶爾會指揮隊友。他發現林初宴和向暖的操作都不錯，可是他們對這個遊戲的理解非常膚淺，很多時候甚至缺乏基本常識。鄭東凱就像一個幼稚園老師，一邊玩一邊為他們開教學講座。

這樣跌跌撞撞地，每天也玩不了多長的時間，因為夥伴們都要準備期中考。

向暖抄過好幾次作業，很心虛，現在複習起來特別賣力。晚上大部分時間都泡在自習室，有時候會跟林初宴傳傳訊息。

有一次向暖看書看累了，就問林初宴：你在幹什麼？

林初宴：在複習。

向暖：我的天啊！(⊙v⊙)

向暖：你竟然在複習？

林初宴：嗯。

向暖：不可思議耶！你在複習什麼呢？讓我見識見識～

林初宴：阿軻。

向暖：……？？

林初宴傳了張截圖給她。截圖裡他開著遊戲帳號，在人機模式用阿軻打草人。

向暖：再見，當我沒問。(冷漠)

※　※　※

終於熬過期中考試週之後，向暖他們也迎來本學期校園電競賽第一週的比賽。

王者榮耀安排在星期六上午。因為報名王者榮耀的人太多，室內場地不夠用，而操場的看臺又太冷，所以歪歪社長靈機一動，把比賽安排在學生餐廳，條件就是餐廳的員工們也可以報名。而警衛隊的年輕人聽說餐廳員工能報名，也來找歪歪。歪歪社長本著兼容並蓄的原則，又吸收了一批警衛兄弟參與。

向暖為了表達對主校區戰友們隆重的歡迎，跑去校門口迎接他們。

計程車到時，林初宴坐在副駕駛座等著司機發帳單，鄭東凱他們先一步下車。剛下車，鄭東凱就拉著兩個室友，指了指不遠處說：「哇，你們看那邊，那個女生好漂亮！」

毛毛球也很激動地說：「她走過來了！」

物理系的宅男們平時能看到的活的女生本來就不多，現在看到一個那麼漂亮的，就像看到大熊貓一樣。

更何況她走過來了，越走越近了……

三個宅男集體臉紅。

林初宴下了車，看到向暖就喊了她一聲：「向暖。」

向暖走到他面前，看到他身邊站著三個男生，一個個都瞪大眼睛像見鬼了一樣。「我……

我臉上有東西嗎？」她摸了摸臉。

「妳妳妳，妳竟然是向暖？」鄭東凱說話有點結巴。

「我為什麼不能是向暖？」

「向暖妳好，我是大球。」

向暖看著面前伸過來的一隻手，反應了一秒鐘，問道：「你是大雨吧？」

「對對對，我是大雨……」大雨的臉爆紅。

向暖沒能和大雨握到手，因為林初宴踢了他一腳並說：「一群神經病，別理他們。」

五個人一起往學校走，鄭東凱他們三個都顯得有點侷促。實在是因為之前腦中幻想的向暖就是個文靜的鄰家妹妹，沒想到真人長得這麼漂亮，猝不及防的驚豔讓他們有點呆掉了。好不容易調整好狀態，室友們意味深長地看林初宴。

這臭小子，從來沒跟他們提過向暖的長相。司馬昭之心真該亂棍打死，呵呵呵！

※　※　※

向暖他們的戰隊名字是「時光戰隊」。這是向暖隨口取的，另外四人都沒什麼異議，於是全數通過。

時光戰隊的第一場比賽，要對上的是「大西瓜戰隊」。

「感覺從名字來看，我們已經贏了。」向暖自信滿滿。

但是大西瓜戰隊的五個人都是「尊貴的鉑金」，所以大西瓜戰隊也是自信滿滿地覺得穩贏。

比賽一開始有一個禁用英雄的環節，雙方各自可以選擇兩個英雄禁掉，本場比賽不許使用。向暖問林初宴：「要不要禁阿軻？」

「不用。」

鄭東凱感覺他們的戰隊名字可以改為「自信心爆炸戰隊」。

禁完英雄就開始雙方輪替著選擇英雄。大西瓜戰隊看到時光戰隊選了魯班和妲己，果然就選擇了阿軻。

遊戲開局後，林初宴的妲己單槍匹馬搶了敵方阿軻一個藍Buff。

是的，單槍匹馬。

這傢伙兵線也不收，順著草叢摸過去，趁著和他對線的敵方法師視野消失的一刻，藏在中路官道與河道交錯的那片草叢裡。

站在這裡可以看到敵方藍Buff的情況。

林初宴的視野裡已經沒有藍怪。他看了一眼時間，立即斷定敵方阿軻不可能在這麼短的時間內擊殺藍怪，所以阿軻應該是把藍怪拖到了一旁的草叢中。

這也是打野常用的技巧。

林初宴躲在草叢裡按兵不動，算準時間跳出去扔了個技能。

妲己的一技能像明亮的大月牙一樣嗖地飛出去，給了藍怪致命一擊。

林初宴獲得了擊殺野怪的金錢、經驗，以及藍 Buff 加持。

耍完詐趕緊跑，真刺激。

他打的不僅是怪，也是阿軻的臉。阿軻玩家顯然自尊心有點強，在公共頻道說了一句話：

運氣真好。

初晏：不是運氣，是算出來的。

鄭東凱看到這行字，忍不住噴笑說：「論耍詐真是服了你。」

向暖心裡也是這麼想的。她覺得林初宴雖然是黃金段位，但耍詐的水準絕對是王者級別。

林初宴顯然被敵方阿軻記恨了，他在中路低調收兵的時候，阿軻聯合法師屢次前來偷襲，都被他機智地化解了。

脫險後還在公共頻道點名批評：阿軻你心態不好。

向暖說：「我滿能理解阿軻的。」

其他三個室友猛點頭：我們也能理解！有時遇到這麼賊的人，真是打死一百次都無法洩恨啊……

因為林初宴吸引了阿軻太多注意力，大雨的魯班七號在下路玩得頗為愜意。

到了中期，雙方發生了幾次團戰。

林初宴在某次團戰時被打成殘血，擺動著小短腿扭啊扭地撤出戰場。他看到視野裡接連飄起兩團紅黑色的煙影，那是阿輌開啟大招時殘留的痕跡。

「阿輌追殺我。」林初宴跟隊友報告了一下情況。

向暖他們離他有點遠，現在來不及趕過去了。向暖安慰他：「那你就閉上眼睛吧。」

殘血的妲己對上阿輌，生存的可能性不大。

「我把她殺了。」林初宴說。

向暖：「……」怎麼做到的？？

很顯然，敵方阿輌也有這樣的疑問，躺屍的時候在公頻上說：兄弟你開掛了吧？

初晏：我說過，是算出來的。

第二十二章

鄭東凱在小地圖上目睹了已經快沒血的林初宴反殺阿軻的全部過程。

說實話，一開始他也覺得林初宴大概會死。其實妲己面對阿軻並非沒有一戰之力，但林初宴的血量太低了，低到只要阿軻碰一下他就會死的程度。現在這個情況，除非是林初宴能做到讓阿軻一根手指頭都碰不到他，而他打阿軻一個全套。

林初宴進場前帶的召喚師技能是閃現。閃現是從一個地點瞬間移動到一段距離外的另一個地點，這是林初宴唯一的逃生技能，他一直收著沒放出去。這時他沒有用閃現逃生，而是在阿軻現身發出攻擊前那一刻，閃現到了阿軻的身後。

因為兩人的動作時間相隔太近，乍看之下幾乎是同時。也就是說，以阿軻的視角來看，她覺得自己的技能打到了妲己，而妲己竟然沒死。

這才是阿軻死不瞑目的原因。

在那之後的事情就簡單了。快沒血的妲己一套小心心連招，貼心地把幾乎滿血的阿軻送回家。

鄭東凱有點震驚。閃現逃生的方式有很多種，這麼驚險刺激的還真是少見。

「真的是算出來的？」這局遊戲結束後，鄭東凱問林初宴。

「有一點運氣的成分。阿軻的銘文，我是按照最常見的那套計算的，事實證明她確實帶著那一套。」

銘文是玩家自己搭配的東西，可以使英雄在進場之前就能擁有一定的屬性加成。一套滿級銘文所帶來的屬性加成大概相當於半件神裝。

鄭東凱說：「所以還是算出來的？我不信，那你為什麼在那麼關鍵的時刻才放閃現？你玩的是心跳嗎？」

「不是。」林初宴抿了一下嘴角，回答：「我認為可以打擊她的自信心。」

「……………」鄭東凱朝他豎起大拇指。「我都想向你跪下了。」

「不用那麼客氣。」林初宴謙虛道，想了想又補充：「其實，人和人的行為是有差異的，不會每次都算得那麼準，這次確實運氣不錯。」

向暖憂心忡忡地說：「現在才黃金，你就敢搞這種歪風。等我們升到王者，你不就更囂張啦？」

林初宴被她說得笑了一下。

鄭東凱從來沒見過自己的好兄弟現在這樣笑。他微微低著頭，笑得安靜而矜持，好似一朵嬌羞的白蓮花。

呵呵呵，果然會在女孩子面前裝模作樣。

這局遊戲贏了之後他們又打了一局，因為是三局兩勝制。連贏兩局贏得第一場比賽後，向暖不得不承認林初宴「打擊對手的自信心」的髒套路確實起到了一定效果。因為自從他耍詐之後，對手的狀態就變得不太好，第二局乾脆打到半路就投降了。

※　※　※

姚嘉木退出觀戰模式，問一旁的沈則木：「你覺得怎麼樣？」

「就那樣。」沈則木說了個模棱兩可的回答。

剛才他們看的是向暖這隊的比賽。

姚嘉木俏皮地眨了眨眼，笑著問：「那你覺得我和向暖，誰的操作好呀？」

「妳比她好。」沈則木回答。

姚嘉木明知他說的不是那麼一回事，可是單聽這四個字，還是覺得心裡甜甜的。

「不過——」沈則木話鋒一轉。「她比妳有天分，過不了多久就能比妳強。」

姚嘉木彷彿遭受到暴擊。

「強很多。」沈則木又補了一句。

嗯，雙重暴擊。

林初宴週日有兩個比賽，向暖為他當了一天的啦啦隊。晚上他回去，五個人一起登入遊戲組隊。鄭東凱認為現在五個人還在黃金段位晃蕩太丟臉，一定要快點往上升。他們之前因為準備考試，打排位的時間不多，才耽誤了升級。

※　※　※

今天五人排位遭遇到了一支有點另類的隊伍。

那個隊伍裡有四個人都是扯後腿的，宛如我方派過去的臥底。但是他們之中有一個李白特別厲害，十步殺一人，千里不留行，來去無蹤，變幻莫測。

向暖以她有限的眼光斷定這個ＩＤ名為「虎彪彪」的李白是一個大大神。

她在公頻上問：對面的是代練車隊？

虎彪彪：不是。

虎哥的小鬍鬚：你們聽說過豌豆ＴＶ的虎哥嗎？

是暖暖啊：沒有。

虎哥的小鬍鬚：裝什麼裝，我已經認出你了。你在虎哥的直播裝過小學生，是不是你？

是暖暖啊：…………

是暖暖啊：不是我不是我，你認錯人了。

虎哥的小鬍鬚：就是你。

初晏：中路單挑，輸的閉嘴。

虎哥的小鬍鬚去中路找妲己單挑，結果鬍鬚被妲己拔了。

虎彪彪表示不高興。厲害的李白帶著大招來殺妲己。李白的大招爆發力很強，攻擊範圍也廣，妲己被打到的話不死也得殘。

林初宴操控妲己，一個閃現衝到李白身後，完全躲開大招。

李白的第一個技能可以點三次，第一次和第二次是亂竄，第三次是回到原點。現在李白放了大招，點了第三次技能回到原點。鄭東凱的趙雲已經在這裡埋伏著了。

妲己跑來，和趙子龍一起把李白弄死了。

虎哥的小鬍鬚：豌豆TV直播帳號XXXXX，你們可以來看我們虎哥。

虎哥的小鬍鬚：今天這場我們會輸，是因為我們直播間的粉絲沒用，虎哥在帶粉絲。

初晏：你們會輸是因為話多。

論罵人，向暖只服林初宴。

※　※　※

這天晚上，登出遊戲之後，向暖好奇地安裝了豌豆TV的app，接著搜尋「虎哥」，結果真的搜到了。

今晚那個神奇的「虎彪彪」應該就是虎哥的分身。現在虎哥正用主要帳號打王者局。

向暖第一次看遊戲直播，覺得滿新鮮的。她抱著手機躺在床上開著彈幕看，覺得很滿足。虎哥還是用李白。向暖看了一會兒，越看越入迷。她發現這個虎哥打得非常好，有的地方她根本說不出具體是哪裡好，就是覺得他把李白玩得極為流暢自然，技能釋放特別準確，升級和賺錢的效率奇高無比，支援隊友的速度也很棒，幾乎不會犯什麼低級錯誤。

怎麼會有人打得這麼好呢……

而且，李白也太帥了吧！

向暖以前也見過李白，可能是因為別人操作太爛使得她感受不到，現在在虎哥的直播間看到神級李白就忍不住流口水。

後來虎哥又玩了別的英雄，無一例外都打得很好。

向暖看到手機沒電了才睡覺。

從那以後，向暖就成了虎哥的一個小迷妹，經常偷看他的直播。

而與此同時，她的隊友們開始感受到這位斯文美女的變化——向暖竟然在遊戲裡罵人了。

她罵人的招式只有一個，就是自封為別人的爸爸。假如對方有人跟她挑起文鬥，她就會開啟自衛反擊模式。

她會說：叫爸爸。

或者說：我是你爸爸。

還有說：爸爸不高興了，清理門戶，再生一個吧。

……之類的。

這樣罵人在遊戲裡很常見，不過放在向暖身上就讓鄭東凱他們覺得……畫風特別稀奇，比讓林初宴蹲在牆角吃大餅包馬鈴薯絲還稀奇。

鄭東凱問林初宴：「向暖是不是受了什麼刺激？」

林初宴也不知道。

另外，向暖打遊戲開始變得特別多話。

有一次她對大雨說：「皮皮蝦，我們走，一起去找男朋友。」

大雨的魯班七號踉蹌了一下，然後撞牆了。

還有一次，她看到敵方有貂蟬，就說了一句：「貂蟬我小妹，呂布泉水兩行淚。」

大哥你張飛啊！去攪和人家貂蟬和呂布的感情是在演哪齣！

最另類的是，有一次她用張飛開了大招，暴走砸地追殺敵軍的時候說了一句：「打死你個龜孫兒！」嗯，河南口音的。

林初宴一口水全噴在桌面上。

他把杯子往桌上重重一放，對向暖說：「我明天去找妳。」

『你找我幹什麼啊？』向暖有點疑惑。

「看看妳。」

『看我什麼啊？』

看看妳的腦子。

第二十三章

林初宴下車後，在鳶池校區門口看到一個擺攤賣鮮核桃的老婆婆。老婆婆坐在小板凳上，用一把鋒利的小刀唰唰唰地削核桃。核桃綠色的外皮削去，掉進一個籮筐裡，剩下的是淺褐色的種子，這才是我們平常看到的核桃。

空氣中飄著一種很特別的味道。

林初宴買了兩斤鮮核桃，在衣服口袋裡尋找零錢時，看到婆婆默默地指了指籮筐邊緣釘著的QR碼。

※　※　※

林初晏提著鮮核桃去找向暖。挺拔俊秀得彷彿是從漫畫裡走出來的美少年，提著一個菜市場很常見的紅色塑膠袋，這個畫面有點引人注意。

向暖下樓時穿著一件雪白的絨布衣，毛毛的像一個雪團走過來。她走到林初晏跟前時，他看到她揹著書包。

「妳有課？」他問了。

「沒有，搞不好會看書呢。」

林初宴覺得「搞不好」這三個字用得極好。

向暖指了指他的塑膠袋說：「你提的是什麼，魚嗎？」

「核桃，給妳的。」

「你幹嘛買核桃給我？」

這當然是自己幻想的，這一刻林初宴的目光有點慈祥。

他無視一臉莫名其妙的向暖，把核桃遞到她手裡，然後抬起手，提著她的書包背帶拎了一下，發現還挺重的。

「給我揹吧。」林初宴說完就要拿下她的書包。

「不用啦，又不重。」向暖有點不好意思。

「妳還有機會長高。」他說這句話時眼神好正經。

向暖傻眼了一下。「你也還有機會長高啊，你只比我大一歲。」

「我已經夠高了。」

向暖無語。有時候林初宴說的話明明是事實，但就是會讓人特別想打他。這大概是另一種天分吧……

最後他拿下她的雙肩包，兩條背帶併在一起，掛在一邊肩膀上。走路時，書包拉鍊上掛著的小熊晃啊晃的，看起來有點搞笑。

向暖抬眼看了看天。今天的天氣好得無以復加，碧藍的天空一絲雲都沒有，陽光很熾烈，樹上的葉子快掉光了，有不知名的小鳥站在枝頭啾啾鳴叫。

「我們要做什麼呢？」向暖問林初晏。

「妳想做什麼？」

「去咖啡廳開黑吧？」

好吧，又是遊戲。

林初宴覺得向暖對這個遊戲的上癮程度有點深。

他們走進咖啡廳時，遇到了歪歪學長。歪歪學長臉色很不好，獨自坐在桌邊發著呆。向暖喊了他一聲：「歪歪學長，你也在呀？」

歪歪學長目光一轉，看到他們兩個。他突然眼睛一紅：「嗚——」看起來是要哭了？

向暖有點不知所措。

也不知他遭受了什麼打擊，看起來好脆弱。現在他一臉極需安慰的樣子，起身張開雙臂，想跟他們討一個抱抱。

向暖都已經張開手臂要接納他了，結果站在她身後的林初宴抓著她的後衣領，像拎小鳥一樣把她拎開。

歪歪學長就這麼栽進林初宴的懷抱。

那個畫面真是太美了。

向暖問道：「學長，你失戀了嗎？」

「不是。是我們的贊助——泡湯了！」

歪歪學長一臉喪氣地告訴他們事情的經過。

從歪歪學長的嘮叨裡，向暖提煉出了一個大概：這次電競比賽從一個手機品牌那裡獲得贊助，這本來是已經談妥的事情，然而現在那個品牌突然要終止合作，一分錢也不會給電競社了。電競比賽已經開賽，獎品清單早就公布出去了，現在卻突然沒了資金，不知道比賽還能不能進行下去。

「比失戀還嚴重！」歪歪學長說。

向暖也很替他難過，於是問道：「學長你先別急，電競比賽需要多少錢啊？不然我們先湊一下？」

「至少要兩萬人民幣。」

「好多喔……」

「是啊，不過湊錢是下下策。我本來想的是實在不行的話，就先跟沈則木借一點，但是這樣太窩囊了。而且那麼多錢，我借了也不知道什麼時候才能還，我也不想自掏腰包辦活動啊！現在只能盡快再去找別的贊助了。時間有限也不知道能不能找到，頭痛死了……」

林初宴本來不發一語，聽到這裡，他突然說：「我可以想想辦法。」

歪歪眼睛一亮，說：「真的嗎？你有什麼門路？」

「這不好說，我可以試試。不過——」林初宴話鋒一轉。「我有個條件。」

「什麼條件？你說你說，要我賣身我都答應。」

林初宴搖了頭。「學長別誤會，你的身體並不值幾個錢……我的條件是不管我拉到多少贊助，扣掉你需要的兩萬人民幣，剩下的全歸我。」

歪歪學長拍了拍他的肩膀，說：「哈哈，看不出來啊，初宴，你很老練嘛……好，我答應你！沒問題！」

歪歪學長離開之後，向暖一臉狐疑地看著林初宴並問他：「你要去哪裡找贊助？」

林初宴抿了一下嘴角。「先保密。」

她更加懷疑了，不太放心地瞇了眼睛說：「你……不會是要騙人吧？」

「我是有原則的人。」林初宴說著，表情一派陽光磊落。

林初宴做人的原則是——只騙爸爸，不騙別人。

※　※　※

林初宴開了遊戲，向暖的注意力很快就轉移到王者榮耀。

兩人並排坐在沙發上，向暖一偏頭就能看到林初宴的手機螢幕。他的眼睛雖然在看遊戲介面，注意力卻都在向暖身上。

向暖在自言自語：「敢殺我，等著！……嗚嗚嗚，大哥誤會，誤會！……連輔助都殺，太沒有人性了……來呀，來追我呀，嘿嘿嘿嘿……」

「妳為什麼總是在講話呢？」林初宴用一種漫不經心的語氣問道。

「咦，我有在講話嗎？」

「嗯。」

「哎呀，死了死了！」向暖一個分神，張飛就被打死了。

等待復活的時間裡，她偏過頭來看林初晏的螢幕。

她的頭髮烏黑柔亮，散開來的頭髮有一把垂到林初晏的手臂上。他聞到了淡淡的洗髮精香氣。

林初宴的妲己也正被追殺。敵軍的王昭君放了個減速技能，妲己一扭小蠻腰恰好躲開，敵軍楊戩又放了條狗來追他，妲己小蠻腰又是一扭躲開了狗咬。正當向暖以為林初宴已經安全了，妲己的視野裡出現了一個趙雲。

趙雲的大招有群體擊飛效果，是非常強力的控制技能。這時趙雲開了大招，眼看要落在妲己身邊。如果妲己被趙雲的大招控制住，追殺的敵軍趕到，他便必死無疑……千鈞一髮之際，妲己放了個閃現，瞬移進自家防禦塔，隨後丟了個小心心給趙雲。

這大概只發生在零點零一秒之內。向暖看得嘆為觀止，感覺靈魂都要遭受洗禮了。她脫口而出：「不愧是單身二十年的手速。」

哐鏘——

林初宴手一鬆，手機掉在鋼化玻璃的桌面上。

他也不管手機了，低著頭以睥睨的姿勢看她，微微瞇起了眼。

向暖這才反應過來自己剛才說了什麼，她恨不得打自己一巴掌。單身二十年的手速什麼的……嗚嗚嗚，虎哥的直播間裡經常有人說，她就莫名其妙地記住了，剛才也沒經過大腦就說了那句話。可是那種話能隨便亂講嗎？發揮起來都可以寫一篇不少於八百字的色情文章了！更何況她還是對一個男生講……

向暖紅著臉，頭埋得低低的，不敢看他。

他卻不肯放過向暖，稍稍靠近一點，低聲說：「流、氓。」

刻意放緩的語氣使咬字顯得格外清晰有力。

向暖的臉爆紅，挪了挪身體，坐得離他遠一點，他卻又追過來。兩人這樣挪啊挪，最後林初晏把向暖逼到了沙發角落。

「妳要流氓是跟誰學的啊？」林初宴問了。

向暖沒辦法面對他了。她突然推開他——其實沒用多大的力氣，但林初宴特別從善如流地往沙發上一倒，搞得好像她要非禮他似的。

向暖忽地站起身，居高臨下地看到他半仰半坐靠在沙發上，那個姿勢有點銷魂。昏暗的燈光下，他的眼睛彎彎的，明亮而促狹。

向暖又羞又氣，抓起書包就往外走。

林初宴連忙起身追過去。「妳生氣了？」

「好了，我開玩笑的。」他這麼說了。

接著又說：「但是妳要告訴我，妳到底是跟誰學的？」

向暖不自覺地加快腳步。可惜林初宴腿比她長，穩穩地跟在她身旁。

「真的生氣了？」林初宴的語氣似乎有些不確定，然後他說：「那好，妳不是流氓，我是流氓，這樣行了吧？」

「林初宴，你神經病啊！」向暖吼了一句，然後——跑了。

揹著一個大書包，噠噠噠，跑得還挺快。

書包上的小熊一蹦一蹦的，像在跳舞。

※ ※ ※

晚上，向暖收到一則來自她的好戰友大雨的訊息。

大雨：向暖，我想問妳一件事，我好奇死了。

向暖：啊？你問。

大雨：為什麼初宴把妳的備註改成「流氓暖」了？妳對他做了什麼？

向暖：……

向暖決定教訓一下林初宴，讓他知道誰才是爸爸。

令她意想不到的是她還沒想好方案，林初宴竟然就主動送上報仇的機會。

第二十四章

林初宴打了通電話給媽媽，闡述了社團目前遇到的窘況。他的聲音悲涼而落寞，還壓抑著一點迫切，簡直令聞者傷心、聽者落淚。

媽媽問道：『你怎麼又換社團了？』

「是一個朋友邀請我加入的。」林初宴答道，頓了頓又補充：「她長得很漂亮。」

『是嗎？傳照片給我看看。』

林初宴剛要說話，手機那頭卻傳來爸爸的一聲冷笑：『呵，你又跟你媽玩這一招？你當我不存在嗎？你那一套騙得了她，可騙不了我。』接著，爸爸的聲音變得遙遠，應該是放開手機和媽媽說話：『妳傻啊，不是都上過一次當了，怎麼還相信他？』

「這次是真的。」林初宴說。

『滾滾滾，不就是要錢嗎？沒有！』

「不是我要，是社團要，社團現在很困難。許多同學努力了一個星期的活動，我已經放話說越林集團會贊助了。爸爸，你考慮一下公司形象，畢業季你們還要來南大搶人才呢。」

『別跟我裝了，你那點歪腦筋我一清二楚。社團要是真的缺錢，你就先墊吧。你當一支錶十二萬人民幣，別跟我說花完了。』

「花完了。」

『……』

父子倆爭辯了一會兒，雙方都沒想到對方這次竟然鐵了心地不讓步。後來媽媽聽得好心動，又提議讓林初宴帶漂亮女同學回家做客。林雪原覺得自己老婆意志太不堅定，等一下就不知道站在誰那邊了。

他乾脆拿著手機出門，一個人站在花園裡說：『你有難題了來找我，好，現在我也有個難題，你要是能幫我解決，我就幫你解決，怎麼樣？』

林初宴問道：「爸爸，你的難題是什麼？」

『唉。』林雪原竟然嘆了口氣。『你知道你媽媽想要什麼禮物嗎？』

「我大概猜到了。」

『哦？說來聽聽。』

「媽媽可能是想幫我生個妹妹，但是你……」力不從心。

畢竟是自己的親爸爸，面子要顧到，所以林初宴後面的話沒說出口，不過那意味深長的語氣特別到位。

林雪原快氣死了。『小兔崽子，你給我滾！』

林初宴連忙改口：「別生氣，我開玩笑的，是我自己太想要個妹妹了。」
林雪原語氣緩和了一些，說道：『你放心，我們不會生第二胎的。』
「你們不用考慮我的感受。」
『我們從來沒考慮你的感受……是你媽媽身體不好。高齡產婦太危險了。』
話題莫名其妙歪到奇怪的地方，林初宴連忙掰回來，問道：「那媽媽到底想要什麼，或者說，你想送她什麼？」
『唉。你也知道吧？你媽這兩年特別喜歡一個畫家，我就想在她生日的時候去跟畫家求一幅畫，有題字的那種。我錢都準備好了，結果倒好……』
「怎麼了？」
『那個畫家有點特別，多少錢都不畫。』
「為什麼不畫？」
『說是不想畫。』
林初宴沒忍住笑。
『你別給我幸災樂禍。』林雪原說：『我的難題就是這個。你要是能幫我解決，那好，你社團的贊助我承包了，不光是今年，未來三年的我都承包了，讓你在社團當老大有面子，怎麼樣？』
林初宴也不傻。「連你都做不到的事情，我怎麼可能做到？」

『那不好意思了，你去乞討吧！』

※　※　※

最後林初宴表示可以試試看。他沒把這件事放在心上，本打算再想別的辦法。雖然爸爸鐵石心腸，不過媽媽耳根子很軟。

但是呢，當他查看那個畫家的資料時，莫名就想到了一個人。

畫家的名字叫向大英，靈樨市人。

向暖也是靈樨市人。

兩個同姓，又來自同一個地方，會不會有什麼關係？遠親之類的？

林初晏抱著這樣的想法打電話給向暖。

才響兩聲就被掛掉了。

林初宴微微挑眉，心想：還在生氣嗎？

想到當時她紅著臉跑走的畫面，他又覺得挺好玩的，忍不住笑了。

然後他就在微信上騷擾她。

林初宴：還在生氣嗎？

林初宴：請妳吃飯可以嗎？五星級飯店隨妳挑。

林初宴：想要什麼皮膚都買給妳。

林初宴：我躺平了讓妳打。

林初宴：別生氣了。

林初宴：我說正事，妳認識向大英嗎？

這則訊息剛傳出去不久，向暖就主動打電話來了。

『你到底要幹什麼啊？』她問道。

林初宴握著手機，低頭牽動嘴角，聲音放得有些柔和地說：「我說，妳別生氣了。」

『哼。』

「妳真的認識向大英？」

向暖沉默了一下，反問：『你說的是那個畫小貓的向大英嗎？』

「……」林初宴有點哭笑不得，捏了一下額角回答：「我說的是著名當代國畫家向大英，嗯，以畫貓著稱。」什麼叫畫小貓的……

向暖「喔」了一聲，回答：『那是我爸爸。』

林初宴：「……」

世界真小。

『我說林初宴同學，你到底有什麼事啊？』

「我想請妳幫個忙。」

『什麼忙？』

等林初宴說完要幫什麼忙後，向暖笑了。

向暖總是說林初宴的聲音好聽，其實她的聲音也好聽，只不過她自己沒體會到。她的嗓音軟軟甜甜的，會讓人想到小時候吃的那種水果口味的軟糖。

這時向暖笑了兩聲，笑得輕盈而歡快，像振翅高歌的小鳥。

林初宴也笑了，睫毛緩緩顫動著，輕聲問她：「怎麼樣？」

向暖說：『林初宴，你要我幫忙，可以。不過呢，我也有一個要求。』她說這話的語氣有點擺架子，似笑非笑的，像清宮戲裡勾心鬥角的小美人。

林初宴頭皮一緊。「妳說，要什麼都行。」

向暖：『我要你——』

林初宴的眉角重重一跳。

『——叫我爸爸。』

我要你叫我爸爸……

就知道，就知道會有這麼一天……她終於把魔掌伸向自己人了……

林初宴抬手扶額。

……到底是跟誰學的！

※　※　※

向暖打了通電話給爸爸。

爸爸在她通訊錄裡的名稱是「向大英同志」。

向大英同志雖然是個「著名畫家」，其實本人並沒有什麼架子。他之所以不喜歡幫別人作畫，不是外界傳言的自矜身價或者恃才傲物什麼的，純粹是因為被人傷害過。

遙想當年，向大英同志還只是個一心沉迷於藝術的青年，因為才華橫溢，在書畫圈子裡小有名氣。

他是性情中人，與誰相處得好了就免費作畫，分文不取。

結果呢，有一次收過他免費贈畫的兩人，和別人一起討論向大英死後他們手裡的畫會值多少錢，還說他越早死越好，因為英年早逝的人留世的作品少，作品越少越值錢……

這些話傳到向大英的耳裡，他年輕的心靈受到了嚴重的衝擊。

從那以後，他就不輕易贈畫了。有人帶著錢來求畫，他也是興致缺缺。

因為他本身也不缺錢，而且別人帶錢來，就是毫不掩飾地把他的畫作當成商品，這會讓他不自在。

結婚之後，他畫了畫就交給老婆，還開玩笑說：「等我死了，這些畫就是巨額遺產了。」

「什麼死不死的，你閉嘴吧。」

這些都是向暖聽媽媽說的，爸爸從來不提。有一次向暖問媽媽：「妳當初選擇嫁給爸爸，是為他的才華傾倒，還是被他的性格吸引？」

媽媽說：「都不是。他長得太好看了，我就……」就沒把持住。

向暖被嚇到了。「媽媽妳太膚淺了！」

媽媽戳了一下她的腦門說：「呿！要不是我膚淺，也生不出妳這麼漂亮的女兒。」

※　※　※

這時向暖在跟爸爸通電話，結束平時的噓寒問暖後，她問道：「爸爸，最近是不是有一個姓林的叔叔想請你畫畫啊？想送妻子一份生日禮物的那個。」

『好像是，怎麼了？』

「嗯，他……是我同社團學長的爸爸。」

『嗯？』向大英同志覺得有點可疑。『看來妳和妳的學長無話不談嘛。』

「不是，他就只是那麼一提，然後我們發現這個世界好小，怎麼就那麼巧呢？他爸媽感情很好，他媽媽是你的粉絲，他爸爸想買你的畫就只是單純想給妻子一個驚喜。」

向大英耐心地聽著，聽完後說：『妳聊聊妳和妳那個學長。』

「爸爸……」向暖有點哭笑不得。「重點不是這個。」

『不，重點就是這個。』爸爸的語氣聽起來好嚴肅。『我怎麼覺得我們家小白菜要被糟蹋了。那個臭小子是誰？妳叫他來見我。』

「爸！」向暖被爸爸說得好尷尬，小聲說道：「他滿討厭的，你不要跟他見面。」

爸爸不信。『討厭他為什麼還要幫他說情？』

「嗯，因為如果我做到這件事，他就得叫我爸爸了。」向暖說到這裡，不禁有點得意。林初宴這傢伙，這次肯定要栽在她手裡了。呵……

向大英沉默了好一會兒，最後感嘆道：『現在的年輕人可真會玩。』

「爸爸，你就幫他們畫一幅嘛，畫一幅嘛畫一幅嘛！」

『好了好了，畫，我畫。』向大英說著就笑了，笑著笑著有點傷感，心裡想著：唉，女兒長大了啊……

※　※　※

林雪原接到向大英答應的回覆時，簡直不敢相信。他立刻打電話給倒楣的孩子：「你真行啊，真被你辦到了？可以，我服！」

林初宴謙虛地說：『還好還好，只是付出了一點微不足道的代價。』

「什麼代價？」

『嗯，換了個爸爸。』

「…………」

第二十五章

林雪原有時候會懷疑林初宴是他們在醫院抱錯的小孩。他總是覺得他和老婆明明是一對神仙眷侶，不太可能生出這種貨色。

但懷疑歸懷疑，現在倒楣兒子自己換了個爸爸，還是把他嚇得不輕。

「你給老子說清楚。」林雪原說。

『那你先把贊助的錢匯給我吧。身為一個男人，說話要算話。』

「喔，多少錢啊？」

『十萬人民幣應該夠了。』

林雪原明知道社團活動不可能花那麼多錢，但現在他也懶得扯這些了，就當是給這小子的慰勞費吧。

他轉了錢給林初宴後，在微信上問道：你說說看換爸爸的事吧。哪個垃圾回收站願意接納你？我得去登門拜訪一下。

林初宴回答：我開個玩笑而已。你永遠是我的親爸爸，不信我們可以去做鑑定。

林雪原並不想做鑑定。

萬一真的抱錯了怎麼辦？是扔還是不扔啊……

※　※　※

林初宴解決社團贊助的這天是星期二。這週是電競比賽開賽後的第三週，不過上週末因為有校慶活動，休賽了一週。

時光戰隊的五個夥伴沒去校慶活動湊熱鬧，他們待在寢室打了一天的遊戲。閔離離去玩了一天回來，看到向暖眼睛發亮地戳著手機，覺得太浪費了。

「我要是長得跟妳一樣漂亮，我就天天在外面玩，不回家。」閔離離說。

向暖說：「離離妳長得真像安琪拉。」

閔離離心想：好姊妹之間的隔閡就是這樣產生的。她不聽妳說話，妳也聽不懂她在講什麼。令人憂傷。

週二這天，林初宴拿到錢之後，先轉了兩萬人民幣給歪歪學長。

歪歪感動得無以復加：初宴！謝謝你！你是我的大恩人！我好感動！！

林初宴：不客氣。

歪歪：我決定對你以身相許了！

林初宴：那你把錢還我吧。

歪歪：= =

給了歪歪兩萬人民幣，林初宴還剩八萬人民幣。這八萬要怎麼花，他已經安排好了。不過在此之前，他要先解決一個問題。

晚上登入遊戲。向暖和他們連好群組通話之後，迫不及待地開口叫他：『林～初～宴～』那聲音、那語調，自帶狂熱波浪線滾滾向他襲來。

鄭東凱他們都用一種意味深長的眼神看著林初宴。

早就聽說向暖對初宴耍流氓了，沒想到現在竟然都不掩飾一下，就這樣赤裸裸地調戲。

林初宴深吸一口氣，語氣平靜地說：「晚安。」

『晚安啊。』向暖心情好到爆，講話的腔調都變輕快了，還透著一股讓他氣得牙癢癢的囂張。她說：『你知道自己該叫我什麼吧？』

「知道。」他咬了咬牙。

『那我洗耳恭聽啦。你叫吧。』

「先進遊戲。」

『我看你能拖到什麼時候……喔，對了，微信備註該改一下啦。』

微信備註？

林初宴瞇了瞇眼睛，轉頭朝室友們看去，目光一一掃過他們的臉，那眼神有點可怕。

大雨的心理素質太差了，這下心虛得不得了，神色有些慌張，連忙低下頭去。

林初宴的視線在大雨身上停了一下，目光一動。

此刻一行人已經進入遊戲，向暖開著張飛，一出門就幫妲己寶寶套了個護盾。

然後林初宴的耳機裡傳來她刻意壓低的嗓音，深沉而滄桑。『父、愛、如、山。』

哐噹——

鄭東凱的下巴碰到了桌面。

毛毛球的手機掉到地上。

大雨差點從椅子上摔下來。

林初宴面無表情地看他們。

鄭東凱覺得又震驚又搞笑，沒想到向暖調戲人的方式這麼特別，真是太有才了。而且啊，林初宴這個小孽障終於有剋星了！長期被欺壓的他們都要老淚縱橫了好嗎……

林初宴扶了一下白色耳機，對向暖說：「大雨來自重慶鄉村，妳知道他們當地方言都怎麼叫爸爸嗎？」

『叫什麼啊？』

「寶雹。」

林初宴說了這兩個字，第二個字音調上揚得厲害，搞得好像要飛上天了，反正聽起來怪腔怪調的。

接著，他微微一笑說道：「還習慣嗎？」

『你……』向暖嚇得倒抽一口氣，心想：居然來這套啊？

林初宴又喊了一聲「寶雹」。他平時講話咬字周正，現在偏要學人家方言，語調要多奇怪就有多奇怪。而且這兩個字，發音與普通話裡的「寶寶」也太接近了……

向暖氣結。『我不信！哪有人叫爸爸寶寶的？大雨，他在胡說八道，對不對？』

此刻，大雨的心是與向暖站在同一邊的。可是，當他抬起頭看到林初宴那詭異的笑容時，心就顫了顫。

那一刻，他的大腦裡滑動畫面播放了很多新聞——某某大學室友因口角釀成流血衝突；某某大學室友不合發生屠殺慘案；某某大學室友投毒案……

林初宴笑咪咪地看著大雨說：「大雨，我說的對嗎？」語氣溫柔得像個老父親。

大雨渾身一震。「對，對的……」

那之後林初宴又叫了幾聲「寶雹」，發音越來越平緩，越來越接近「寶寶」。

向暖有點崩潰。『你不要叫了。』

「做人要說話算話。寶寶快給我個盾。」

『林初宴，你知道我在做什麼嗎？』

「哦？」

『我在大腦裡幫你舉辦葬禮。』

林初宴笑了一聲。「寶寶妳去勾引敵人。」

『我求求你閉嘴吧！』向暖快哭了。『不用你叫爸爸了還不行嗎？我們兩個扯平了。』

林初宴忍著笑意說：「怎麼辦呢？我不想扯平。」

『林初宴，我討厭你。』

「妳不要討厭我，我不喊了。」

『哼哼。』

林初宴說：「不過，妳要告訴我，妳到底是跟誰學的。」

向暖很怕他又搞什麼花樣，想都不想就招了：『我是看虎哥的直播學的。』

大雨問道：「是演琅琊榜的那個？」

『不是，是豌豆TV的虎哥。』

※　※　※

向暖在腦子裡替林初宴辦了一個晚上的葬禮，第二天就不辦了，因為林初宴突然轉了好多錢給她，整整四萬塊人民幣。

她有點愣住了，問林初宴：「幹嘛轉錢給我？你是不是轉錯了？」

『沒錯，這是我爸給的慰勞費，我和妳平分。』

「不用了。」向暖覺得這錢有點燙手。「我也沒幹什麼啊，再說——」再說，我幫忙的時候也沒安好心。

林初宴又笑了。向暖覺得林初宴真的好喜歡笑，好像隨便一件事都能引發他笑，真是的，好像大傻子。

不過她喜歡聽他的笑聲，純淨清透，淡淡的愉悅，像音符一樣動聽。

林初宴說：『我也一樣，什麼都沒做。』

向暖想想倒也是這麼回事，於是笑道：「那謝謝你啦。」

『不客氣，我才要謝謝妳。』

向暖拿到了錢後，開心地登入遊戲，先抽了小喬的皮膚。小喬「天鵝之夢」的皮膚超級好看，是花人民幣抽的。向暖之前捨不得課金，現在一下子得到一筆鉅款，立刻就財大氣粗了。

可惜運氣一般般，花了一千多塊人民幣才抽到天鵝之夢。

她抽到之後好激動，便截圖傳給林初宴。

向暖：（圖片）

向暖：好看嗎？

林初宴：好看。

林初宴：晚上妳繼續用張飛。

向暖：……人性淪喪！TAT

之後她又替林初宴辦了幾場葬禮。

※　※　※

另一方面，林初宴發給他的室友們一人三千塊人民幣的紅包。

大雨以為這是封口費，立刻指天發誓：「初宴，你放心吧，我絕對不會告訴向暖我和你聯合欺騙她。」

「買銘文。」林初宴只丟下這三個字。

王者榮耀裡的銘文有五個等級，等級越高威力越強，低等的銘文很容易湊，但是高級的就難了，尤其是五級銘文。如果三十個銘文卡槽全部裝配上五級銘文，需要存很長一段時間才能存夠。

當然了，也有快捷的辦法，那就是——人民幣大法。

一套滿級銘文，直接課金的話大概是三千塊人民幣。

「這也太奢侈了。」大雨說：「你不會每個人都發了吧？」

「嗯。」

「你不是很窮嗎？哪來的錢？」

「我爸爸給的。」

「我……突然有點同情你爸爸……」

※　※　※

因為有了滿級銘文的加持，五人小隊的戰鬥力提升了一階。他們已經在鉑金卡了兩天，也可能是運氣不好，反正贏一局輸一局地玩，就是無法晉級。

今晚他們身上帶著人民幣爸爸的祝福，戰鬥熱情高昂，一鼓作氣升到了鑽石。

大家都很高興，似乎都忘了他們一開始的目標只是一個價值一千人民幣的玩偶。

晚上十一點，向暖說：「我該睡覺了，晚安。」

『晚安，我們也要睡了。』林初宴說。

然後到了十一點十分，向暖又默默地登入遊戲。

熟練地課金，買了李白，又買了千年之狐的皮膚。

穿好新衣服，點了單人匹配模式。

系統很快就匹配好了。選好英雄入場後，向暖看到載入頁面的雙方陣容。

敵方竟然也有個李白。

她不經意看了一眼李白玩家的ＩＤ，然後就……感覺被雷劈到了……

敵方李白的ＩＤ：初晏。

向暖瞪大眼睛仔細看，確定、一定以及肯定，沒有看錯。

這下尷尬了……(⊙_⊙)b

向暖心裡一個勁兒地默唸：看不到我看不到我看不到我……

遊戲載入完畢，她操縱帥帥的李白先去打藍Buff，這是虎哥教程的第一步。虎哥高級教程的第一步是去對面偷藍Buff，但是向暖不敢。

所以就乖乖打自己家的。

然後她在自家野區遇到了敵方李白。

他們面對面站著，她看著他的ＩＤ，他也看著她的。

遊戲裡沒有風，但是此刻，向暖彷彿聽到了秋風吹起落葉的聲音。

世界上最尷尬的事就是你我已互道晚安，卻重逢於王者榮耀。

第二十六章

向暖和林初宴的尷尬對視並沒有持續很久。

因為雙方隊友在小地圖上看到了他們，都跑來支援。

於是一場混戰就這樣發生了。混戰之中，向暖送出了第一滴血。

第一滴血的意思是全場第一條人命，簡稱「一血」。這是整局遊戲裡最值錢的一條人命。

她看了好多天虎哥直播，今天這是第一次摸到李白，儘管已經熟悉李白的技能，終究還是吃了沒經驗的虧。

林初宴也沒好到哪裡去，被打成殘血，逃之夭夭。

但是他畢竟逃掉了，回家補滿血又是一條好漢，遠比她這樣變成一具屍體好。

林初宴回家時，在公頻上跟她說話。

初晏：妳起得真早。

是暖暖啊：呵呵，你也是。

初晏：李白帥嗎？

是暖暖啊：那當然。

初晏：我玩就夠了。

是暖暖啊：哈哈，你算了吧。連諸葛亮都玩不好的人，安心當你的小妖精。

就因為這句話，林小妖精的權威遭到質疑，之後他喪心病狂、馬不停蹄、不顧一切地找向暖打架。

向暖拒絕承認他李白用得好。

但她必須承認的一點是她自己太菜了……畢竟是第一次玩嘛。

玩這個遊戲，經常會遇到敵我雙方有同樣英雄的情況。俗話說得好，撞衫不可怕，誰菜誰尷尬。向暖看一眼戰績對比，頓時尷尬得想原地消失。

她越是處於劣勢，經濟運營就越不好；運營不好，就更加繼續處於劣勢……如此惡性循環下去，她成了林初宴的「提款機」。

林初宴還嫌棄她。

初晏：越來越不值錢了。

是暖暖啊：你等著！

這時，一直默默圍觀他們的其他玩家突然說話了。

獨眼怪：我竟然聞到了姦情的味道，一定是我太不純潔，覺悟不夠，沒有黨性。

昭君我本命：樓上等等我。第一次看到兩個李白搞Gay，好刺激，都不想玩遊戲了。

燒死安琪拉：我以為只有我一個人這樣想……

是暖暖啊：你們不要說話了，再說就掛機啊。QAQ

昭君我本命：別掛機，再聊一會兒吧。

反正這局遊戲打得亂七八糟，林初宴一直追著向暖砍，其他人一邊摸魚一邊調戲他們，越說越過分。後來他們還討論攻受之類的。

林初宴問：攻受是什麼？

有人為他講解，聽完之後，林初宴說：喔，那我是攻。

可讓圍觀群眾激動死了。

向暖看到這裡，就把聊天頻道蔽屏了。

這局遊戲結束後，她再也不想玩了，就退出遊戲準備睡覺。

林初宴傳微信訊息給她：原來妳看這麼多天直播，只學會了耍流氓？

向暖毫不猶豫地刪了他。

※ ※ ※

第二天是週四，電競社有例會。向暖也沒問林初宴要不要參加。她現在不想和林初宴說話。

她倒也沒有多生氣，主要是尊嚴被踩踏的那種恥辱感讓她暫時不想面對他。

中午時，歪歪學長在社團群組發了一串名單。這是報名優秀成員的人，他先公布出來，晚上例會時採取不記名投票的方式選一名優秀成員。

有人表示不理解：不是說有兩個名額嗎？

歪歪學長回答：另一個情況特殊，已經內定了，晚上例會時我會解釋一下。

那人問道：內定誰啊？

歪歪：向暖。

向暖滿腦子問號，想問問是什麼情況，但轉念一想，反正晚上例會就會知道了，也就沒問。

晚上例會，她提早了將近十分鐘到。社團會議室在三樓，向暖爬到三樓時想去洗手間，就直接上了四樓。四樓人少安靜，洗手間比三樓的乾淨。

四樓的走道門沒關好，她聽到有人講話。

一個女生說：「優秀成員不都是大二大三的在競爭嗎？她和我們一樣都是大一生，憑什麼能內定為優秀成員？」

向暖扶在走道門上的手慢慢放下來。

另一個女生說：「妳說呢？社長親自內定的喔。」

「呵呵，不就是個優秀成員嗎？她還真捨得下重本。」

「話也不能這麼說，也許人家就是放得開呢。」
「嘖嘖，長得漂亮就是有本錢啊。」
向暖用力推開門，走進去。
兩個討論的女生嚇了一跳，發現是向暖，臉色都不太好。
向暖冷冷地說：「人外表美醜沒那麼重要，心醜才是最可怕的。當然了……」她說到這裡頓一下，目光掃過她們的臉。「如果外表醜，心也醜，那就是最大的悲劇了。」
向暖說著，目不斜視地經過她們，抬起手拍了拍其中一個女生的肩膀說：「節哀。」
女生鐵青著臉撇開她。
向暖走開之後，忍不住摸了摸自己的嘴巴，心想：是我的錯覺嗎？感覺自己的罵人技巧變好了？是跟誰學的啊……

※　※　※

這晚，例會開始後，歪歪學長總結了一下電競比賽的近況，然後說到優秀成員投票的事。
「可能有很多同學會覺得奇怪，為什麼向暖能夠內定為優秀成員，我這裡做個解釋。根據我們的社團章程，對社團做出重大貢獻的同學有特權享受到更好的待遇，比如優秀成員的評選。」

「向暖對社團有什麼重大貢獻啊？」

「冷靜，我還沒說完。說來慚愧，之前我談好的電競比賽的贊助沒了。身為社長，我不好意思跟你們說，眼看著活動有可能辦不下去，我真是心急如焚，恨不得去賣身。後來是林初宴同學雪中送炭，重新找了贊助，這才挽救了我們這次的活動。」

「這又和向暖有什麼關係啊？」

「因為林初宴有資格獲得內定優秀成員，然後他把這個資格轉讓給向暖，就這麼簡單。」

很多人愣住了，包括向暖。

歪歪學長遞一張表格給向暖，笑咪咪地說：「申請表形式上還是要填一下。」

向暖有點感動。

例會結束後，她抱著新換的筆記本走出去，看到前面兩個女生就是剛才說她壞話的那兩個人。她們都走得有點慢，落在後面。

這時走廊上只剩下她們三個了。

向暖叫住她們：「妳們不打算跟我道個歉嗎？」

其中一個女生面子掛不住，但還是咬了牙說：「好吧，是我們想錯了，對不起。」

「那我就大度地原諒妳們。」向暖笑了一下。「還有，妳們長得不醜。」

女生翻了個白眼說：「還用妳說。」

另一個女生問：「向暖，妳到底喜歡沈則木還是林初宴？」

向暖一愣。「妳幹嘛問這種問題啊？」

「妳選完了才輪得到我們。」她沒好氣地說：「快選。」

「妳是神經病啊，我為什麼要聽妳的？」向暖說完，還學她們翻了個大白眼，然後走過她們身邊。

走了幾步來到轉角處，她看到電梯口的沈則木。

沈則木靠在牆上，雙手插口袋。白色燈光灑在他臉上，原本就俊朗的臉更顯稜角分明。

他神色淡然，並沒有因為剛才聽偷到女生們的談話而尷尬。

向暖經過看到他時，他也看了她一眼。兩人視線交會，向暖臉一紅，低頭說道：「學長還沒走啊？」

「嗯。」

那兩個女生也走過來了，看得出她們面對沈則木時有點緊張，脊背僵硬。她們跟沈則木打了招呼，然後拚命按電梯。

向暖腳步一轉，進了樓梯間。

樓梯間那扇鐵門很厚重，她進去之後鬆手關門，鐵門卻被一隻手接了過去。她詫異地轉過頭，看到門縫另一頭沈則木的臉。

「學長你也要走樓梯？」她問道。

沈則木「嗯」了一聲，跨進來，隨手關上門。

他站在向暖面前，兩人挨得很近，向暖有些難為情。
她沉默地轉開身，低著頭下樓。
沈則木不急不徐地跟在她的斜後方，始終保持著只比她高一個臺階。
空氣很安靜，安靜到幾乎要凝固了。向暖耳裡只有兩人的腳步聲。
走出學生活動中心，向暖不自覺地呼了口氣，抬起手用手背擦了一下滾燙的臉蛋。
「學長，那我回宿舍了。」向暖說。
「妳在和林初宴談戀愛嗎？」沈則木毫無預兆地突然問道。
「啊？沒有沒有！」向暖急忙否認。「我怎麼可能喜歡他！神經病才會喜歡那樣的人。」

※　※　※

沈則木請向暖吃了烤香腸。
向暖拿著烤香腸回寢室，問閔離離：「一個男生送一個女生烤香腸，有什麼意義嗎？」
閔離離意味深長地看了她一眼，然後說：「相信我，妳不會想聽的。」
向暖：「……」立刻就懂了。
她現在沒辦法直視烤香腸，更不要說吃了。向暖說：「離離妳這個小流氓！」
閔離離挺開心的，玉米香腸真好吃。

在閔離離吃烤香腸時，向暖打了電話給林初宴。

「你今天怎麼沒來開會啊？」向暖問他。

『我爸媽過來請我吃飯。』林初宴回答。

事實上何止請他吃飯。他故意點了一桌子的菜，到最後沒吃完的打包回來，餵豬。

向暖還有點不好意思，小聲說：「林初宴，你不用把優秀成員讓給我。」

林初宴的聲音帶了點笑意。『我去年拿過一次了。』

「喔，那謝謝你啊。」

『不用謝，把微信加回來。』

就這樣，她刪他不到二十四小時就又加回來了。向暖受人恩惠，總是有點過意不去，又不知道要怎麼補償他，因此態度就顯得很狗腿。

向暖問林初宴：你也喜歡虎哥啊？

林初宴：我學的是他的技術，妳學的是他的胡說八道。

向暖……忍了！

她又帶著點討好的意味說：那你可以進虎哥的粉絲群組，我拉你進去吧？我是房管。

林初宴：妳怎麼當上房管的？

向暖：打賞了五百塊人民幣。

這一頭，林初宴忍不住笑了。原來這官是買來的？

他手指超快地回她：那妳拉我。

向暖把林初宴拉進粉絲群組，隆重介紹一番後又說：你改一下群組名片。

林初宴看到向暖的名片是「虎哥的小耳朵」便低頭莞爾，改了一下自己的名片。

向暖看到林初宴的名字變成「武松哥哥」時，內心很崩潰，苦口婆心地對他說：你不要這樣，太挑釁了，搞得好像是來踢館的。你改一下嘛。

林初宴：好吧。

於是林初宴的名片變成了「虎哥的法令紋」。

第二十七章

到了星期六，校園電競賽的第二輪比賽正式開打。

歪歪學長聽林初宴說贊助方是越林集團，於是重新製作了橫幅掛在學生餐廳裡。歪歪私下問過林初宴到底是怎麼搞定贊助的。

結果林初宴說：「你知道越林集團那個老總嗎？那是我爸爸。」

歪歪學長豎起大拇指說：「論吹牛，你最厲害。」

※　※　※

向暖他們的時光戰隊在第二輪比賽要迎戰的是小仙女戰隊。

選擇英雄之前先禁英雄，小仙女戰隊第一個就禁了莊周。莊周的技能最大的亮點就是解除控制。向暖看到他們禁莊周，心想敵人多半會選群控型英雄，比如張飛、達摩之類。

她還擔心自己的張飛會被敵人搶先拿走呢，結果對手不愧對「小仙女」戰隊之名，唰唰唰地一口氣選了五個法師。

向暖：「……」

這也太胡來了吧！

五個法師分別是甄姬、王昭君、貂蟬、不知火舞和小喬。還真的全是小仙女啊……

時光戰隊的第五樓是林初宴，向暖原本以為他會照以前的習慣用妲己，結果他拿了李白。

「不要用李白。」四個隊友齊聲制止他。

玩這個遊戲比較講陣容搭配，他們現在其他位置都有了，只差法師。

林初宴只好不情不願地又換回妲己。

開局時，向暖掃了一眼敵軍的ＩＤ，結果被嚇到了。

敵人的名字分別是：陳偉霆我老公、鹿晗我老公、王俊凱我老公、南柱赫我老公、林初宴我老公……等等，最後一個是什麼鬼？

向暖覺得好搞笑，用手臂碰了碰身旁的林初宴說：「你看你看，她們五樓的ＩＤ，林初宴我老公，林初宴我老公！哈哈哈哈哈……呃。」

她看到林初宴在笑。

他低下頭抿著嘴角，笑得清淺又不懷好意；視線落在手機螢幕上，眼睫毛輕輕翕動，眼底的光芒柔和內斂。他說：「妳再說一遍。」

聲音有些輕，彷彿只說給向暖聽。

向暖整張臉都紅了。

鄭東凱他們坐在這兩人對面，三個室友面面相覷，決定集體假裝透明人，像隱身的蘭陵王一樣低調、低調、低調。

遊戲載入完畢。向暖假裝失憶，操縱張飛衝出去，大有一夫當關，萬夫莫敵的架勢。

對面的小仙女戰隊雖然任性地推出這種另類陣容，不過她們第一手就禁莊周是很科學的。因為五個仙女法師中的四個都有比較強的控制技能，而莊周天生就是這些控制技能的剋星。

但是五個法師的陣容終究太脆弱，所以向暖信心滿滿。

然後他們這局輸了。

小仙女湊在一起的戰鬥力實在太可怕，尤其是團戰，一套控制技能丟下來，配上法師超高的爆發傷害，一點反應的餘地都不留給對手。

向暖覺得最最最最噁心的是甄姬。甄姬這個英雄其實沒什麼用，平常在排位賽上場的機會不多，因為跑得慢容易被打死。但是甄姬的大招釋放時間短，顏色和地面很接近，意味著對手在混戰之中通常不會注意到她的大招，然後就中招，中招之後減速、冰凍……死得一氣呵成。

向暖的反應滿快的，其他英雄如昭君、小喬、不知火舞的控制技能都可以透過預判躲掉，然而甄姬的技能考驗的不是預判，而是眼力，所以她中了好幾次招。

其他隊友的情況也沒比她好多少，大雨他們反應慢一點，連不知火舞的控制都躲不掉。

總之他們幾個人的配合完全打不出來，就這麼輸掉第一局。

第二局開局後，小仙女戰隊又禁了莊周，看樣子是打算故技重施。

「怎麼辦啊？」向暖皺著眉惆悵。

林初宴安慰她：「不要擔心，剛才只是沒有準備好。」

「真的嗎？」

「嗯。五個法師，需要吃錢的地方太多了。我們下一局盡量遏止她們發育，速戰速決。她們前期起不來，我們就贏了一半。」林初宴簡單分析了一下。

鄭東凱有點意外，畢竟初宴接觸這類遊戲的時間太短了，現在看他的遊戲意識成長得這麼快，鄭東凱忍不住感嘆：「聰明人學什麼都快。」

向暖聽懂了，但她玩得好的輔助只有張飛和莊周，現在莊周被禁掉了，只剩下醜張飛，她也沒得選。

大雨在林初宴的要求下放棄魯班，改用虞姬。虞姬這個射手在遊戲前期特別強勢，很容易對敵方英雄造成壓制。

毛毛球的亞瑟和鄭東凱的趙雲在前期都比較不錯，所以沒有換。

輪到林初宴選了。他沒有選妲己，因為妲己也需要拖到中後期才有足夠的爆發傷害。鄭東凱以為他會選諸葛亮。身為法師一哥，諸葛亮在遊戲前期很強勢。

但是他也沒選諸葛亮，而是……選了李白。

「喂喂喂，你玩我啊？拿李白打前期？」

林初宴抿了一下嘴角說：「相信我。」

「信你個大頭鬼啦，趕快換掉！」

林初宴默默地點了鎖定，就是不換。

好了，五法天女；中單李白，這局遊戲雙方的陣容都很任性。

李白這個英雄的機動性和生存能力很好。第一個技能俗稱「來啊來啊抓不到我」，自由搭配的三段位移，聲東擊西，來去無蹤，逃跑力ＭＡＸ；第二個技能俗稱「來啊來啊打不到我」，這個技能在釋放過程中，李白是無敵狀態，無視一切攻擊；第三個技能俗稱「你打不到我但是我能打死你喔」，釋放技能時李白依舊是無敵狀態，完全看不到人影，同時夾帶著超高的技能傷害，令人聞風喪膽。

但李白也是脆弱的，防禦低、血量薄，一旦被人抓住多半是死路一條。而且李白還有個致命缺點，就是他的大招必須透過四下普通攻擊來點亮。王者榮耀是一款節奏很快的遊戲，很多時候李白並沒有安穩的環境來積存普通攻擊，點亮大招。沒大招的李白，跟鹹魚沒什麼區別。

所以玩李白非常考驗操作，操作不好的就是一個提款機。

林初宴操作算不算好，向暖也說不清，但他的手速真的很快……

打得過就打，打不過就畫圈圈無敵，然後一眨眼就跑了。但你以為我跑了，不好意思，我又回來打你了……驚不驚喜，意不意外？

除此之外，林初宴配上鄭東凱的趙雲，靠著英雄自身的機動性對敵人的野區形成了壓制態勢。對方少了野區資源，五個人一起分吃三條官道上的兵線，經濟壓力很大。

林初宴他們還越塔打人，不斷騷擾，搞得小仙女們連打兵都不得安寧，好多小兵吃不到，白白浪費掉。這又是一部分經濟損失。

單從戰績資料上來看，李白殺的人並不多，但他對戰場局勢的影響很大，這種影響無法用資料表現出來。

總而言之，林初宴把一個風流飄逸的劍客，硬生生玩成了戰場瞎攪和的。

也算是不拘一格降人才了……

這局遊戲贏得很順利。畢竟五個小仙女的陣容有太多Bug。

第三局時，小仙女們已經放棄抵抗，她們開啟了嗑瓜子聊天模式。

林初宴我老公：對面李白也是林初宴的粉絲嗎？

初晏：不是。

林初宴我老公：不用害羞啦。我看你操作不錯，有沒有興趣加入我們小仙女戰隊？

初晏：沒有。

是暖暖啊：我可以嗎？我也是小仙女喔。^_^

林初宴我老公：醜男滾。

是暖暖啊：QAQ

※　※　※

第二輪比賽結束後，向暖覺得有點累，站起來伸了懶腰。

沈則木恰好經過，看到她就說：「明天晚上社團聚餐，妳要來嗎？」

「啊？去啊去啊。」向暖答應一聲，又覺得有點奇怪。「怎麼歪歪學長沒通知呢？」

「妳不想看到我嗎？」

「不不不。」向暖連忙搖頭。「我沒有不想看到學長。」

沈則木莞爾。

這時，一隻白皙好看的手高高舉起來。「學長，我也要去。」

是林初宴。

沈則木點了個頭，轉身走了。

※　※　※

中午，時光戰隊的五個夥伴在學生餐廳一起吃了飯，然後林初宴他們就回主校區了。

林初宴回到主校區，傳了一段語音訊息給向暖。

向暖點開訊息後，身心都受到了傷害。

語音內容是：『林初宴我老公，林初宴我老公！哈哈哈哈……』

「你神經病啊！」向暖生氣極了，打電話罵他：「你為什麼要錄音，快刪掉！」

『開錄音是為了記錄戰鬥過程，總結我們有哪些不足之處。』

「胡扯，遊戲裡明明有錄影，幹嘛要錄音啊！」

『但錄音能夠記錄我們當時的想法。』

「我不管，你趕快刪掉啦！」

林初宴輕輕一笑，讓人手癢癢地好想打死他。林初晏說：『妳以後要聽我的話，否則我就把這段話設成手機鈴聲。』

「你神經病啊！絕交！」

『好，我現在就換鈴聲。』

「你等一下……」向暖語氣弱下來。「那先不要絕交吧。」

林初宴笑了。『要聽話嗎？』

她鬱悶地「嗯」了一聲。

『太敷衍了。』林初宴不滿意，又問一遍：『要聽話嗎？』

「要聽話。」

『那麼，以後玩遊戲不許胡說八道，知道了嗎？』

「知道了。」

她的聲音悶悶的，很委屈的樣子。林初宴幾乎能想像出她此刻的表情一定是鼓著腮幫子，嘟著下嘴唇，像是要吐泡泡的小金魚。

小金魚似乎不甘心被欺壓就說：「林初宴，你等著。」

林初宴牽動嘴角，眼底搖盪著柔軟的笑意說：『好，我等著。』

第二十八章

向暖並不是一個擅長整人的人，不像林初宴那樣一肚子壞水，如噴泉般源源不斷，無法控制地往外冒。

好像自從認識林初宴之後，她每天都要感嘆一次：怎麼會有那麼賤的人呢……

而且現在她還不敢輕舉妄動，怕林初宴一言不合就換鈴聲。

比如星期日的比賽，她拒絕當林初宴的啦啦隊，結果林初宴一通電話，她就乖乖下樓了。

「林初宴，我討厭你。」

「不要討厭我。」

兩人見面就是這麼沒營養的對話，雙方都不打算妥協。

林初宴上午打麻將，下午玩節奏大師。打麻將這玩意兒在向暖眼裡就是賭運氣，結果到林初宴手裡就變成賭智商的了。

向暖有一個經常逛八卦板的好室友，所以被介紹了林初宴的情況。這傢伙在他們系上也算風雲人物，神經病一樣的存在。別人出名是因為厲害，他出名就像演藝圈十八線小明星炒作一樣，充滿著話題性。長得好看、天才、懶、不愛念書、翹課、毒舌、跟女生哭窮、沒風度、有風度、脾氣好、脾氣不好……許多本身就互相矛盾的關鍵字集中在他一人身上，使這個人聽起來格外像個重度精神分裂症患者。

如果只聽傳聞，向暖也會覺得不可思議，但是見到本人之後，她覺得別人形容得很到位合理。林初宴就是這樣的人，暖心的時候能暖到任何人的心坎裡；令人心煩的時候也能讓任何人都恨不得把他打包，丟進精神病院關一輩子。

就是這樣一個矛盾的存在。

跟林初宴相處，就要做好當麵團的心理準備。他想把你揉圓的時候就揉圓，想把你拍扁的時候就拍扁。

向暖傳訊息給大雨抱怨：你們怎麼忍受他的啊？

大雨看到這則訊息時內心毫無波瀾。他把向暖拉進一個小群組。

群組裡原先只有三個人，現在加上她，總共四個。

群組名稱是「林初宴的奴隸們」。

向暖：…………

她覺得自己的節操還可以搶救一下，不能就這麼認輸，於是默默退出群組。

然後她看一眼身旁的林初宴。他已經開了下一局遊戲，盯著電腦螢幕的目光很專注。

向暖悄悄地伸手去摸他放在桌上的手機。她剛才偷看過林初宴的開機密碼，已經記住了。

只要拿到手機，就可以神不知鬼不覺地刪掉錄音。

就在她的指尖即將碰到手機時，林初宴出聲了：「我備份了。」

向暖肩膀一塌，鬱悶地瞪了他一眼。

他依舊目不斜視，專注地盯著螢幕，摸牌，打牌。

但是微微上揚的嘴角暴露了他此刻內心的得意。

向暖冷冷一笑，說：「別囂張。林初宴，早晚有一天我要把你變成我的奴隸。」

「妳這就有點……口味太重了。」

向暖聽得莫名其妙。這樣哪裡口味重了？她有點好奇，但拒絕不恥下問，絕不給這傢伙囂張的機會。

於是她查了一下關鍵字，結果跳出一堆與「ＳＭ」有關的色情暴力資訊。

「林初宴你這個變態！」向暖氣死了，舉起包包作勢要打他。

林初宴笑嘻嘻地挪開身體躲她，還不忘摸牌打牌。

「不要生氣。我要是拿到冠軍，贏了錢都給妳。」

「真的嗎？」

「真的。節奏大師的獎金也給妳。」

「你怎麼知道節奏大師能贏？」

「呵，畢竟是單身二十年的手速。」

向暖：==

她默默登入校園論壇，關注了「林初宴去死」板。

※　※　※

林初宴大概察覺到自己有點過分。下午他訂了外送，買了起司蛋糕、奶茶和水果給向暖，然後自己點了一杯熱檸檬茶。他比賽時，向暖坐在他身邊吃蛋糕。

節奏大師的比賽其實是在大會議室，電競社的辦公室離大會議室不遠，所以林初宴仗著自己電競社員的身分，要特權跑到社團辦公室。

向暖終究有點心慈手軟，怕打擾到他，吃蛋糕的動作很輕，幾乎沒發出聲音。

反倒是林初宴，玩得很放鬆。手指準確快速地點擊螢幕時，還有空偏過頭去喝檸檬茶。

向暖吃著蛋糕，看到他又一次視線不離螢幕地偏過腦袋，她便悄悄地把他的檸檬茶拿開。

林初宴輕聲笑說：「別鬧。」

她最怕他低聲說話，聲音動聽得犯規，好像他做任何壞事都可以被原諒。

這時向暖把檸檬茶推回去，吸管正對著他的嘴巴。

林初宴喝了口檸檬茶，有點得寸進尺地說：「蛋糕。」說完張開嘴，等她餵食。

「走開，這都是我的。」

「妳可真有本事。」

向暖充耳不聞，一邊吃蛋糕一邊看他玩遊戲，心滿意足。林初宴玩遊戲十分具有觀賞性，主要是手指好看。她沒玩過節奏大師，看不太懂，但是光看他的手指在螢幕上有節奏地點來點去……她就可以看一整天。

節奏大師順利晉級之後，照平常的情況，林初宴可以回主校區了，不過今晚他們有社團聚餐，所以他先不回去，等晚上一起聚餐。

兩人乾脆就待在社團辦公室裡開黑了。向暖用小喬，林初宴則是用李白。法師一般都是單獨一人走中路，安穩吃中路的兵線。林初宴的李白在野區遊蕩，打野怪、鬧事。中路官道兩邊都是野區，打野英雄距離中路英雄很近，支援策應或者聯手鬧事都很方便，這是俗稱的「中野聯動」。

向暖的小喬玩得還不太順手，不過林初宴的李白放浪不羈，加上對手實力一般，兩人合夥就把對手搞得有點暴躁。

對方法師開啟文鬥模式，罵他們是「狗男女」。

林初宴笑出聲。

向暖用看白痴的眼神看他。「你是傻子嗎？他罵你你還笑？」向暖說完也不看他，非常熟練地和對方文鬥。

是暖暖啊：叫爸爸。

初晏：叫媽媽。

向暖：「……」

峽谷第一帥的李白哥哥文鬥時要別人叫媽？是人性的迷失還是道德的淪喪？

向暖瞇著眼睛看林初宴並說：「你不會是對我有意思吧？」

林初宴眉毛動都沒動一下，注意力全放在遊戲上，一邊回答：「妳想得可真美。」

第二十九章

向暖也覺得自己想得有點多。她認為正常人和神經病之間是不可能互相看對眼的，這叫作種族隔閡。

她為自己的自作多情感到不好意思，解釋道：「因為平常追我的人滿多的，我就有點草木皆兵了。」

「追我的人也很多。」林初宴不甘示弱。

向暖心想，那是因為別人眼瞎好嗎？ㄟ(—,—)ㄏ

一局遊戲結束，他們正打算再開一局時，聽到外面傳來腳步聲以及交談聲。

「我沒有這裡的鑰匙，你有帶嗎？」

「沒有。」

向暖的聽力很好，一下子就辨認出講話的人是姚嘉木和沈則木。

她撇了一下嘴角。

沈則木說：「向暖應該還在。」說完敲了兩下門。

向暖站起身，卻聽到姚嘉木說：「應該不在吧？她和林初宴在一起，林初宴應該走了。」

她一邊說話一邊也敲了敲門。「有人在嗎？」

向暖站在門口，手都已經扶在門把上了，聽到姚嘉木又說：「沒人在。」

「歪歪等一下會過來。」沈則木說。

「向暖昨天的比賽怎麼樣？」姚嘉木突然問道。

向暖心癢癢的，也想聽聽看沈則木對她的評價。於是她放在門把上的手沒有動。

「還可以。」沈則木的回答永遠那麼言簡意賅。

姚嘉木說：「所以你昨天有看她的比賽？」

向暖聽到這裡，心臟一提。

「沒有。」沈則木回答：「我聽歪歪說的。」

姚嘉木又說：「我看到向暖段位升得挺快的。」

「嗯。」

「聽說林初宴他們寢室的四個人一起帶她，為此林初宴花一萬多塊人民幣買了銘文。」

向暖聽到這裡就覺得有點不舒服。什麼叫四個人一起帶她啊？明明是大家一起努力共同進步，怎麼話從姚嘉木嘴裡說出來就搞得好像林初宴在包養花瓶……

在那之後沈則木沒說話，不知道他是什麼態度。

向暖拉開門。

姚嘉木見到向暖在裡面，就知道她聽到了他們交談的內容。姚嘉木臉上閃過一絲尷尬，但很快就恢復正常，朝向暖燦爛一笑。「向暖妳在？我還以為妳走了，等半天都沒人開門。」最後一句話已經有點在抱怨了。

向暖說：「學姊，我可是南山市鳶池區第一張飛。」她說話時不自覺地挺直腰桿，一臉自豪。

王者榮耀有個戰區系統，可以根據英雄的戰鬥力排名。因為向暖一直都是用張飛這個英雄，戰力積累很快，再加上張飛不算排位賽裡的主流輔助，用的人沒那麼多，所以她有幸成為鳶池區第一張飛。

向暖的心情類似自家的醜小孩考上好大學，雖然還是嫌醜，但總歸值得自豪。

沈則木本來在低頭看手機，聽到向暖這樣說，他覺得滿有趣的，就抬眼看她，並且說道：「很厲害。」

「那是當然，我可以作證。」一直坐在桌旁的林初宴向後仰了仰，沈則木他們看到他從向暖身後探出來的臉。林初宴說：「學姊，我買銘文是因為我有錢。妳多想了是沒關係，但話不能太多，別人聽到會尷尬。」

林初宴講話很少這麼具攻擊性。向暖感到有點意外，回頭看他時，發現他懶洋洋地靠著椅子，一臉無賴樣。

向暖從他似笑非笑的表情看出他有點生氣。

姚嘉木這是第二次被林初宴罵了，她心裡不太高興，但表面上還要表現得大度，笑著說：「抱歉，我沒別的意思。」

林初宴淡淡地「嗯」了一聲，囂張的樣子有點欠打。

沈則木走進來打破尷尬，輕輕拍了一下向暖的肩膀說：「還要繼續努力。」

向暖感覺肩膀一沉，隨即有點害羞，問沈則木：「學長，你的戰力排名是什麼呀？」

「我是省第一韓信。」

向暖的眼睛和嘴巴都變圓了，一臉花痴地看著他。「哇——」

沈則木被她的表情逗笑了。

他平常總是板著臉，像個高深莫測的小老頭，這時一笑，冰雪消融般地驚豔。

然後他走到辦公室裡拿東西時，向暖就像個跟屁蟲一樣跟在他身邊，張著嘴巴搓著手，兩眼發著光，也不知道她要幹什麼。

沈則木從櫃子裡拿出了一個資料夾，轉頭看到身後的向暖，便挑了眉問道：「妳是想拜師嗎？」

「我、我可以嗎？」

「當——」

「向暖。」一直默不作聲觀察他們的林初宴突然叫了她一聲。

向暖轉頭看他一眼。「幹什麼啊？」

林初宴笑咪咪地望著她說：「妳說，我換什麼樣的手機鈴聲比較好？」說完拿起手機點了幾下。「過來，幫我看一下。」

向暖垂下肩膀，心情低落地走過去坐在他身邊，低聲說：「你有病吧？」

林初宴稍微偏頭在她耳邊說：「對啊，妳治得好嗎？」

兩人離得太近，他講話時的熱氣噴到她的耳朵上。向暖有點彆扭，揉了一下耳朵，生氣地說：「我遲早會打死你。」

沈則木回頭看了他們一眼，只見兩人交頭接耳，一個似笑非笑、一個目露凶光。他低頭看了手錶，問他們：「火鍋店，要一起吃嗎？」

「好啊好啊。」

晚上的聚餐訂的是自助火鍋店。姚嘉木本來不是電競社成員，不過她和歪歪、沈則木他們很熟，所以電競社有活動時她經常會過來玩，許多人都看得出她醉翁之意在哪裡。

四個人同時到火鍋店，所以坐在一起。向暖左邊是林初宴，右邊是沈則木。向暖心裡還惦記著沈則木「省第一韓信」的名號，老是找機會跟沈則木說話，話題也圍繞在戰力排名上。

沈則木沒想到向暖真的是個網癮少女。

許多女孩玩遊戲的目的並不是玩遊戲，但這個女孩……嗯，相當純粹。

這莫名讓他對向暖多了幾分好感。他說：「省第一沒什麼，我還認識一個國服第一李白，是我表弟。」

「哇——」向暖又是那樣的表情，眼睛瞪大、嘴巴變圓，還誇張地捧了一下臉。但很快她就放開手，說道：「不對，我們虎哥才是國服第一李白。」

「什麼虎哥？」

「豌豆TV的主播，虎哥。」

「那應該沒錯了，我表弟叫陳應虎。」

我、的、天、啊！

向暖頭一次覺得原來世界可以這麼小，她二次元的偶像和三次元的男神是親戚關係？沈則木他們家族是什麼基因啊，專門盛產偶像和男神嗎？

向暖熾熱的目光讓沈則木感到意外。他那個表弟不學無術，成天只知道打遊戲，為了打遊戲差點跟家人斷絕關係。表弟高中都沒讀完，現在跑到一個直播網站當主播。這樣的叛逆少年也能吸引到狂熱的迷妹？

有點不懂這個世道了……

向暖搓著手，表情帶著點討好，問沈則木：「學長你……你有虎哥的照片嗎？虎哥直播從來不露臉。」

「有。」沈則木翻了一下手機，找到一張春節時親戚聚餐的照片，調大並指著其中一個黃毛小子。「就是他。」

黃毛小子膚色偏暗，穿著一件軍綠色大羽絨衣，身材比較瘦，顯得羽絨衣格外大件。臉部輪廓還是個少年，看樣子年齡不大。向暖拿著沈則木的手機仔細看，笑嘻嘻地說：「哎呀呀，好可愛啊！哈哈哈……」

沈則木感到傻眼。用「可愛」來形容他表弟？雞皮疙瘩都要起來了……

果然，粉絲看偶像都自帶濾鏡，不能信。

向暖依依不捨地把手機還給沈則木，又問：「你和虎哥熟嗎？」

「還可以，他經常來我家玩。為了玩遊戲，跟家裡吵過很多次架。」

「還有呢？虎哥說有人邀請他去打職業，是真的嗎？」

「是真的。」

「後來呢？」

「他去了幾天，因為打遊戲時話太多，影響隊友，就被勸退了。」

「噗哈哈哈哈……虎哥好可愛！」

又來……明明是個嘴巴停不下來的網癮少年，哪裡可愛了？我們雙方對「可愛」一詞的理解是不是有什麼偏差？

沈則木無奈地搖頭，視線越過向暖，不經意和林初宴對看一眼，發現他也在搖頭。

真難得，他和林初宴竟然有了共同點。

※　※　※

歪歪學長很會炒熱氣氛，吃著吃著，大家就開始一起玩遊戲。玩的遊戲也是最通俗的真心話大冒險。

向暖涮了一盤蝦，一邊看別人鬧笑話一邊剝蝦。她想把蝦都剝好了再一起吃，結果林初宴趁她不注意，一隻一隻地把她的蝦都吃光了。

「林初宴。」向暖咬牙。「我要打死你。」

「別打我。」林初宴笑道：「我都還給妳。」

林初宴開始幫她剝蝦。

這個時候，沈則木很倒楣地被選中了。

選中他的人不懷好意地問：「學長，你還是不是處男？要講真話喔。」

這問題尺度有點大，問出來之後就引起一片起鬨聲。

沈則木說：「我選大冒險。」

「喔，那麻煩你從在座的女生中選一個，親一下手吧。不過親之前要先問女生的意願，如果女生不同意，你要繼續選，直到選到同意的人。」

又有人起鬨了。

向暖也覺得這個冒險好刺激。

沈則木說：「就近原則吧。」

這句話讓向暖和姚嘉木的臉都變紅了。她們正好坐在沈則木的兩邊。

他看了看姚嘉木，又看了看向暖，觀察她們的表情。

向暖快緊張死了，低著頭不敢看他。

「向暖。」沈則木突然喚她。「可以幫個忙嗎？」

向暖紅著臉點頭說：「嗯。」

男神要親她的手了！四捨五入就是接吻啊！天啊，她的心臟要跳出來了！

沈則木抓起她的手。與他相比，她的手很小，柔若無骨，細膩光滑。他握住這隻與他迥然不同的手時，臉竟然也有些熱。

他低下頭，緩緩地湊近。

就在他的雙唇即將觸碰到她的手背時，他的目光下橫插過來一隻手，阻擋在他和她之間。

沈則木沒剎住車，猝不及防地親了這隻陌生的手。

他抬眼，看到林初宴帶著笑意的臉龐。

林初宴的手臂繞過向暖的肩頭，掌心正扣著她的手背。

「學長，我暗戀你很久了。」林初宴臉不紅氣不喘地胡說八道。

沈則木差點就要吐了。

但是圍觀群眾很歡樂，紛紛鼓掌叫好，看熱鬧還邊搧風點火。

林初宴和向暖手疊著手一同放下，然後他很有風度地收回手臂。

向暖無法接受她的福利就這麼被林初宴搞砸了。她呆呆地握了拳，咬牙說：「林、初、宴。」

林初宴在她耳邊笑了笑：「不客氣。」

不客氣你個大頭啦！/(ㄒoㄒ)/~

第三十章

向暖氣得直捏筷子，用的力道滿大，林初宴看到她的骨節都突出來了。向暖的手和她的人不太一樣，她的身材穠纖合度，手卻偏豐腴，有點肉。手背上的肌膚細膩光滑得很……林初宴忍不住蹭了一下手掌，彷彿要蹭掉那殘留不散的觸感。

向暖沒注意到他的小動作，她目露凶光，咬了咬牙抱怨：「你到底要幹什麼啊！」

「我是為妳好。」林初宴一邊說還一邊喝了口啤酒，老神在在的樣子小聲說：「妳聞一下自己的手。」

向暖把手放在鼻頭嗅了嗅。

林初宴問：「什麼味道？」

唔，味道確實有點怪……

剛才她在剝蝦，蝦是從火鍋裡撈出來的，雖然擦了手，但那屬於食物的氣味還是有點濃。

林初宴見她不說話，便追問：「是不是像海鮮口味的豬蹄？」說著湊到她耳畔，把聲音壓得更低，笑著說：「妳說，他要是親了這種味道的手，會是什麼感覺？會不會更餓……」

「你閉嘴啦！」

「好心沒好報。」林初宴的語氣帶著一點怨氣。

「好吧，是我錯怪你了。」向暖晃了一下啤酒杯。「喏，我乾了。」

林初宴攔了她一下。「算了，我又不是小氣的人，不用喝了。」

「沒事，我酒量好得很。」向暖輕輕推開他，一口氣把半杯酒喝光。喝完之後擦了擦嘴，然後說：「我小時候偷喝過我爸的茅臺。」

她的音量不大不小，沈則木正在跟別人說話，偏偏聽到了這句便轉過頭看了她一眼，饒富興味的樣子問：「後來呢？」

向暖有點不好意思，舉起手撓了撓耳朵。「就喝了幾口，也沒喝醉。」

「爸媽沒打妳嗎？」

「沒有，他們從來不打我。」

沈則木很能理解她的爸媽。他要是有這麼漂亮的女兒，大概也捨不得打。

後來向暖為了證明自己的酒量確實很好，就把啤酒當飲料，喝了不少。她喝得有點High，林初宴送她回去時，在她宿舍樓下，她把自己的手套脫下來給林初晏。

林初宴哭笑不得。「我不冷。」

「戴上吧，臉可以凍壞，手可不能凍壞。」

「為什麼臉可以凍壞，手不能凍壞？」

「手凍壞就不能打遊戲了。」

「那臉呢？」林初宴逗她：「我的臉不值錢嗎？」

向暖就開始歪著頭觀察他的臉，看了一會兒後笑道：「林初宴，你長得真好看。」

「謝謝，妳也是。」

後來林初宴還真的戴著她的手套走了。彈力十足的粉色針織手套被他的手掌撐開，手套背面繡著卡通貓咪圖案，邊緣綴著白色的小毛球……真是滿滿的少女心。

他戴著這雙手套回到寢室，鄭東凱看到之後驚呼：「原來論壇上說的是真的！」

「說什麼？」林初宴脫下手套，活動了一下修長的手指。

「說你 gay 裡 gay 氣的，聚餐時跟帥氣學長表白了，還說你是下面那個。」

「你們相信？」

三個室友面面相覷，小心地打量林初宴的表情，覺得這個問題有點難回答。最後鄭東凱試探著問：「我們應不應該相信呢？」

「信則有不信則無，自己選。」

「不信不信！」

「還有——」林初宴把手套疊好放在桌上，然後脫下外套掛起來，看都不看他們一眼就說道：「我是攻。」

鄭東凱剛恢復正常的表情又變得惴惴不安。

「東凱，我們是不是太有自信了？」大雨等林初宴去了浴室就說了。「初宴就算是彎的，也不會看上我們的。」

「這他媽比被看上還痛苦好嗎……」

※　※　※

這晚向暖玩遊戲比較令人費解，張飛走位很飄，技能釋放總是慢個一二三四五拍。

鄭東凱說：「我懷疑手機那頭是個樹懶。」

林初宴：「喝醉了。」

向暖飄；林初宴鬧；大雨的射手一向害怕，剩下毛毛球和鄭東凱雖然還算穩重，終究無力扭轉戰局。他們打了五局，輸了四局。

鄭東凱算看出來了，遊戲會輸的關鍵點在於向暖。不是要責備她，而是整個隊伍已經習慣有向暖這個優秀輔助的呵護，她突然失常，所有人都不適應。

這就是輔助的重要性。

這晚輸那麼慘，大家都有點受到刺激，第二天就討論要練一下別的陣容。

照理說他們早該這樣做了。

鑽石往上的排位賽都是徵召模式，先禁英雄再選英雄，雙方的禁選都能看到。選英雄也不能重複，不像鉑金以下那麼隨意，兩邊可以拿出同一個英雄。

這個時候就得好好考慮陣容的搭配克制了。

如果選的英雄陣容不合適，剛好被對方克制住，那麼在雙方實力差不多的情況下，一定是對手的贏面較大。

為了有更多選擇，玩家的英雄池就不能太單一。

所以，向暖他們決定先不打排位，要多練練新英雄。

向暖從英雄商城裡翻了一下，最後目光停在自己最愛的貂蟬身上。

「我今天想練法師，可以嗎？」

她講話的語氣帶著點請求的成分，林初宴差點沒被她逗笑。這傻子也太好欺負了。

連鄭東凱都聽不下去了。『反正是練英雄，想選什麼就選什麼吧。昨天初宴太胡來了，今天他用輔助。』

林初宴說：「好。」

於是向暖選了貂蟬。

然後讓貂蟬穿上聖誕那套衣服，心情有點激動。

鄭東凱看到之後很驚訝。『妹子妳就這樣玩遊戲嗎？一點熟練度都沒有就先買皮膚？』

「好看啊。」向暖已經收集了好多英雄和皮膚，不管有沒有機會用，好看的她都要。

她就這麼把王者榮耀玩成了奇蹟暖暖。

鄭東凱感嘆道：『我就知道，妳跟初宴一起玩，學不到什麼好東西。』

林初宴的輔助選的是東皇太一。

東皇太一是法師型坦克，延續了坦克的優良傳統——醜。東皇太一拖著蛇尾巴，一身跳大神般的衣服，像神婆一樣揣著手，是鄉土味很重的神祕造型。走路時身邊總繞著三顆黑球球，沒有黑眼珠只有眼白，眼白還放著光——不僅醜，還是完全看不到正義感的那種醜，和張飛不一樣。

遊戲開局，向暖的貂蟬小仙女飄啊飄地沿著中路走，林初宴的東皇太一跟在她身邊，一邊走路一邊用技能往自己身上掛黑球球。

向暖看得倒胃口。「醜男走開，我要截圖。」

『哈哈哈哈！』鄭東凱笑了。『第一次聽到初宴被叫醜男！真爽！』

被嫌棄的林初宴默默地遊走進野區，越過河道，窩在某片他經常蹲的草叢裡。

嗯，偷藍。

林初宴對搶敵人的藍 Buff 這件事異常執著。不管玩什麼英雄，開局都喜歡去反藍。有時候能成功，有時候就是有去無回。

敵方法師是諸葛亮，現在待在安全範圍傳了一則訊息。

諸葛雄兵：東皇太一，別躲了，你的蛋蛋露出來了。

林初宴這是第一次用東皇太一，也第一次知道原來東皇太一不適合蹲草叢——人藏得住，球藏不住。

唉，有點遺憾。

他默默地從草叢裡出來，和諸葛亮對看一眼。嗯，尷尬。

就這麼轉身走的話感覺太沒面子了，於是林初宴說：『都過來。』說完自己就先跑出去騷擾敵方打野。

這是要明搶了。

「你要是死了，就是玩死的。」向暖雖然嘴巴上嫌棄，還是不忍心看隊友孤身犯險，就過去了。

下路的大雨也開著黃忠跑過去。

就這樣，雙方才一級，就因為一個藍Buff而發生了一場小規模的團戰。混戰之中，向暖不小心殺了個敵方打野。

在這個遊戲裡想得到紅藍Buff，除了打怪，還可以殺人。如果敵方身上帶著Buff，殺了可以順位繼承。

第一次用貂蟬，向暖也不知道怎麼就把人給打死了，繼承了一個藍Buff。

不管了，反正自己好厲害就是了。\(^o^)/~

打完架，向暖的貂蟬還剩四分之一的血，有點可憐，必須回家吃點補品。她抬眼看了一下林初宴……天啊，東皇太一竟然滿血？？？

「你怎麼沒掉血?」她問道。
『我可以吸血。』林初宴說著擺弄東皇太一向她展示。『用球去蹭人或者怪,都能吸。』
「我不看,傷眼睛。」
向暖操縱貂蟬姊姊,補滿了狀態後意氣風發,又回到中路,打算把諸葛村夫按在地上摩擦。
然而,事與願違。
貂蟬這個英雄對新手特別不友善,第一次用的話多半會成為提款機。同時貂蟬也是很花錢的英雄,前期如果經營不好,和敵人拉開經濟差距,很容易就會被壓制住翻不了身。
向暖的戰績就沒那麼好看。
與她相反,林初宴的東皇太一可是風生水起。這傢伙靠著強力的吸血,有恃無恐,在三路之間溜達,搞得好像整片野區都是他家的菜園。
玩個輔助都能這樣,是不是任何英雄拿到他手上都能玩成瞎攪和的啊?
終於,這傢伙鬧出了代價,被打成殘血,逃跑時,諸葛亮的大招鎖定了他。
向暖這個時候血量也危險,想都不想地直接往後撤。她算是發現了,現在她的貂蟬誰都惹不起,見人就跑就對了。有時候對小白來說,不送人頭就是能對團隊做出的至高貢獻。
林初宴本來跑在她後面,眼看諸葛亮的大招元氣彈打過來,東皇太一一個閃現,瞬間躲到向暖的前方。

於是元氣彈打向貂蟬。

向暖：「…………」

諸葛亮的大招可以用身軀去擋，她玩張飛時也會用身體幫隊友擋元氣彈。問題是她現在是玩貂蟬啊！法師啊！一樣殘血啊！

一個低賤的輔助讓尊貴的法師賣命幫他擋傷害！(╯‵□′)╯︵┻━┻

「你還是人嗎！」向暖好悲憤。「我也是一條小小的生命好嗎！」

她以為自己要死在諸葛亮的大招之下，都停下操作了，可是說完這句話後，她發現自己還活著。

只剩一絲絲血，幾乎看不到血量。

但是還活著。

於是她手忙腳亂地繼續跑。

耳機裡傳來林初宴的笑聲，春風沉醉般又輕又有點撩人。

『別怕。』他笑道：『我算過的。』

「你給我閉嘴。」向暖說。

因為你一開口，我就會很快原諒你。

兩人一路奪命狂奔，總算脫險。向暖說：「下一局我不玩貂蟬了，太難用。」

『好。妳玩東皇太一。』

「我不要。」

『很好用的，買個皮膚就不會那麼醜了。再說了，妳身為第一張飛，還有什麼是克服不了的？』林初宴耐心地勸她。

「那好吧，我試試。」

之後向暖果然試了一局東皇太一。結論：很有用。

至此，她基本上算是摸清了這個遊戲的設計思路：越美越脆弱，越醜越好用。

第三十一章

一早，鄭東凱迷迷糊糊地起床去洗手間。他們每間宿舍都配備獨立的洗手間。男生宿舍的洗手間通常都很髒亂，但他們的不是。

因為林初宴不允許。

但林初宴自己又不願動手打掃，所以最後這差事就落到他們三個小奴隸的頭上。搞得每學期評定優秀宿舍，他們都能榜上有名。

現在鄭東凱腦子還沒完全清醒，頂著冬天清晨的寒氣在洗手間小解。

他在洗手間看到了林初宴。喔，這不是重點，重點是林初宴在幹什麼？

「啊！！！」鄭東凱叫了出來，聲音帶著點驚恐。

這一聲把另外兩個還沒起床的室友都吵醒了。

林初宴掃了他一眼，視線往下一挪，然後漫不經心地說：「我聽說學校對面的泰康醫院在辦活動，王者榮耀最強王者割包皮只要五折。所以——你要趕緊升上王者。」

「什麼鬼，這不是重點！」鄭東凱說：「林初宴，你怎麼在洗衣服？這不是內褲，也不是襪子，這是——」

林初宴突然捂住他的嘴巴。

林初晏的身材比鄭東凱高大，這時手臂一攬，繞過他的脖子捂住嘴。鄭東凱只覺得口鼻內充滿了洗衣精的味道，身體被林初宴帶得幾乎要摔下去。

毛毛球和大雨就在這個時候突然推開門。

兩人剛才聽到鄭東凱的慘叫，本來都是一臉急救隊員的表情，現在看到洗手間的情形都愣住了。

鄭東凱衣衫不整；林初宴捂著他的嘴，神情有點危險，似乎是打算強迫他做一些危險的事情。

「打擾了！」毛毛球說著，砰一聲關上洗手間的門。

鄭東凱彷彿被羞辱了一樣難過。

林初宴放開他後，他整理好衣服走出洗手間，幽怨地看著毛毛球和大雨說：「你們出賣我的時候能不能猶豫一下？」

「東凱，初宴真的對你做了那種事？我就知道，我就知道這天遲早要來的！——不過他也太快了……」

「沒有沒有，你們不要瞎猜。」

「那你叫什麼叫？」

鄭東凱一聽到這句就樂了。「初宴他在洗衣服！」

「鬼扯，他除了自己的內褲和襪子，什麼時候洗過衣服？不都是洗衣店上門取上門送？我覺得他在洗衣店花的錢都比吃飯多。」

在鄭東凱的印象當中，林初宴就是這種懶出原則的人。他寧可餓肚子也不願動動手指，這大概屬於他們懶癌星人獨有的底線和尊嚴，正常人理解不了。

但是今天，林初宴正在洗一雙手套。

「就是他星期日戴回來的那雙小公主手套。」

※　※　※

這週四的例會，林初宴和向暖一樣提早了幾分鐘到。

他今天圍了一條淺灰色的羊絨圍巾，下巴埋在柔軟溫暖的圍巾裡，使他整個人的氣質都柔和了幾分。

連漢奸頭都顯得比較順眼了。

林初宴的漢奸頭是那種時髦款的，中分，有點蓬鬆，髮尾有小小的捲度。向暖問道：「你的頭髮是在哪裡燙的？感覺好自然。」

「沒有燙，我有一點自然捲。」

向暖很羨慕。他的自然捲非常恰到好處。向暖托著下巴仔細看他，林初宴被看得有點不好意思，便垂下視線笑，輕聲說：「看什麼看啊。」

向暖笑道：「我覺得你的頭髮要是染成灰白色的也好看。」

「為什麼是灰白色？」

「和諸葛亮同款。」

好吧，又是遊戲。這個人中毒太深了。

林初宴動了一下腿，視線在桌上一副粉藍色手套上停了一下，問道：「新買的？」

向暖點點頭說：「嗯，上一副弄丟了。」

原來她忘了。

林初宴的手在衣服口袋裡摸了摸，然後什麼也沒說。

例會結束後，向暖不想吃宵夜，因為她發現自己竟然變胖了，這還了得。林初宴送她到宿舍樓下，發現有人在那裡擺蠟燭。

燭光在黑夜中搖曳，像是滿地的星星。

周圍有不少看熱鬧的人。

「是紀念死去的寵物嗎？」向暖問一旁的林初宴。

然後她就看到人群裡有個男生捧著一束玫瑰花，仰著頭朝樓上喊：「向暖，我喜歡妳！」

向暖：「……………」

樓上有人開窗喊話，娃娃音高昂，向暖一聽就知道是閔離離。閔離離喊著：「向暖不喜歡你，你走吧！」

男生不服氣地說：「妳是向暖的什麼人啊？」

「我是她的監護人！」

向暖樂不可支，把圍巾往上拉了拉擋住臉，然後對林初宴說：「我從另一個門走。」

但已經來不及了。有人發現了她，立刻告訴那個男生。

真是會搧風點火啊。

男生捧著玫瑰花走過來，向暖覺得好尷尬。

他快走近時，面前突然橫來一條手臂攔住他。

是林初宴。林初宴的個子比較高，看人總是自帶睥睨的氣場。他掃了一眼那個男生，說道：「向暖不喜歡你。」

「你又是誰啊？」

「我也是她的追求者。」

向暖發現林初宴真是天賦異稟，謊話總是信手拈來。

男生說：「那好，我們公平競爭。」

「公平不了，你比我醜。」

「……」

向暖莫名有點心疼那個男生。

如果是一般人罵他醜，大概還可以爭辯一下，但現在是林初宴啊。林初宴會出名全靠臉，他說誰醜誰就是醜，不接受反駁。

男生很不服氣，看著向暖說：「我相信妳不是那種會在意外表的人，對嗎？」

「不。」向暖連忙搖頭。「我特別在意外表。」

男生很失望。不過謝天謝地，他總算願意走了。

林初宴一直待在向暖身邊，等男生走了，他才和她說再見。

「謝謝你啊。」向暖想到剛才的情形，還有點想笑。

「其實——」林初宴覺得需要解釋一下。「我很少攻擊別人的外表，但是他……」他太討人厭了。

「我知道，謝謝你。」夜色下，她的眸子亮亮的，仰頭望著林初晏。

被這樣一雙眼睛注視著，林初宴的心情就變好了。他笑了一下說：「我爸爸說過，如果一個人真的在乎你，他首先在乎的是你的感受。」

向暖覺得這段話平實卻很有道理。她點點頭說：「叔叔是一個很睿智的人。」

「嗯。」可惜有點摳門，人無完人啊。

※　※　※

週六，校園電競賽第三輪。

向暖這週一直在練東皇太一。她買了東海龍王的皮膚，感覺東皇太一也就沒那麼醜了，不過黑球球看起來還是很邪惡。

東皇太一是很強勢的輔助，黑球球只要碰到活物就能吸血，大招可以讓王者榮耀裡百分之九十以上的英雄氣到爆炸。

因為這個大招是無解的。

對，沒錯，無解。英雄進場前自選的「淨化」技能解除不了，莊周等英雄的淨化技能也解除不了。

東皇太一的大招俗稱「兄弟們給我打」，只要東皇太一用大招按倒敵方某個英雄，那個英雄就什麼都做不了，同時會和東皇太一共用傷害，意思是東皇太一挨多少打，他就得挨多少，反之亦然。東皇太一可是坦克啊，血量足得很，球球還一直吸吸吸，用這種以血換血的方式，最後倒下的通常都不會是東皇太一。

所以東皇太一的大招套路就是身邊跟著己方輸出，他把敵人按倒，大家再一頓狠揍。

這就產生了一個問題。大招的冷卻時間長，一波團戰通常只能用一個大招。這個大招一定要打到敵方的關鍵人物。

了。

道理大家都懂，但是真的要在混戰中找到目標並且準確地把技能交過去，就需要多多鍛鍊

除了無解的大招，東皇太一的另一特色是強大的吸血能力。在四級之前，東皇太一帶著球球打仗，優勢明顯。所以玩東皇太一適合開局入侵敵方野區，搶紅搶藍搶野怪，走強盜路線。

今天鄭東凱用的打野英雄是達摩，也是前期很強勢的英雄，小拳捶出去，打誰誰吐血。

所以東皇太一和達摩配合起來，把敵方野區搜刮得比碗還乾淨，先下一城。

對面被刺激到不行，第二局早早就買了克制回血的裝備。

向暖心想：我有那麼可怕嗎……

其實敵方這樣草率地針對一個輔助絕非上策，花錢買了克制回血的裝備，勢必要犧牲一些其他屬性。

所以第二局還是時光戰隊贏。

贏了這一場，向暖他們總算挺進八強，距離「勇爭第三」的目標又邁進一步。

「耶耶耶，中午去餐廳吃飯啊，我請客！」向暖收起手機笑道。

「好啊好啊。」大雨他們舉雙手贊成。

向暖輕輕拍了拍身邊林初宴的肩膀，笑嘻嘻地說：「今天表現不錯，給你加雞腿。」

林初宴低下眉，視線掃過肩頭上那隻白皙豐腴的小手。

然後他指尖搭著她的手背，指腹壓在她光滑的皮膚上。他緩緩地將她的手推下去，一邊低

頭笑說：「越來越囂張了。」

※　※　※

一行人去餐廳四樓吃小炒，向暖真的買了雞腿給林初晏。

他們吃飯時遇到了沈則木和歪歪。雙方座位相鄰，沈則木埋頭吃飯，歪歪隔著一條走道和向暖他們聊天。

聊著聊著，越發意氣相投，歪歪便丟下沈則木，跑過來坐在鄭東凱身邊。

「向暖。」沈則木突然叫她。

向暖正在和林初宴搶肉丸子，聽到沈則木叫她，就連忙轉過頭來說：「是！學長？」態度有些狗腿。

沈則木說：「我表弟下週會過來南山市玩，妳要不要跟他見面？」

表弟！虎哥！

向暖激動地挺直身子。「啊？要、要！虎哥他……嗯，他願意跟我見面嗎？」

她小心翼翼的神情讓沈則木覺得很有趣，他莞爾說道：「我要他跟妳見面，他就得跟妳見面。」

「謝謝學長！」

「學長——」林初宴朝沈則木笑了笑，笑得好不燦爛。「我也是虎哥的粉絲，我可以一起跟他見面嗎？」

沈則木星眸一瞇，冷漠地說：「不可以。」

林初宴：＝＝

報應來得好快。

第三十二章

虎哥要下週末才會來找他表哥玩，在此之前，向暖要面臨的現實問題依舊是排位上分和比賽。

在週六舉行的王者榮耀第四輪比賽中，向暖他們艱難地贏了比賽，鎖定四強。

這場比賽打了兩小時之久，也不知道是不是受到了詛咒，他們局局逆風，局局都拖到大後期。比賽一共打了三場，對手連三場都禁東皇太一，可見對他們做足了功課。

大雨的射手被針對得很凶，前兩場失誤有點多。第三場時，林初宴決定自己用射手。他拿出了他的入門英雄孫尚香。

向暖這場用的是莊周。

兩人走在一起時，向暖突然想起他們剛開始玩遊戲的情形，莫名就笑了。

林初宴目光盯著螢幕問：「傻笑什麼？」

「唔，我想到我們以前，真的好傻。」

「是妳傻。」

「你傻你傻你傻。」

「嗯，我傻。」林初宴臉上掛著點笑意，也不和她爭辯，爽快地承認。

大雨玩的是法師王昭君。王昭君這個英雄，玩得好的話就很厲害，不過玩不好也沒關係，最多就是躲在大後方放技能，相對來說比較安全。

大雨前兩局失誤太多，現在打得有點綁手綁腳，硬是把一個法師玩成了輔助。於是絕大部分的輸出壓力都在林初宴一個人頭上。

這局遊戲再次打到後期。林初宴的孫尚香是敵人沒做過的功課，反而有點出奇制勝的感覺。最後他的戰績是17殺0死8助攻，意思是砍死別人十七次，自己卻一次都沒死。

儘管對手後來回過神打算針對孫尚香，但是向暖他們打出了四保一的陣型，四個人保護林初宴一個人，必要時不要說向暖了，連大雨都可以犧牲自己為林初宴換命。

對手有點絕望。

達康書記：對面的孫尚香可以讓我殺一次嗎？拜託。

是暖暖啊：我們家寶寶是你能碰的嗎？受死吧！

林初宴抿著嘴角笑。

最後呢，當然是贏了。

向暖簡直不敢相信，他們真的進了四強。畢竟她報名這個比賽的時候還只是個剛升上黃金的小渣渣，現在呢？雖然還不是王者，但他們已經連續幹掉兩隊王者隊了！

她激動的心情難以言表，相較之下，另外四人倒是很冷靜。

一行人收拾東西時，大雨提到一個問題：「我們下週的準決賽，要不要放水呢？」

向暖疑惑地挑了一下眉。「為什麼要放水啊？」

「不是說要勇爭第三嗎？如果進了決賽，就得不到第三了。」

「不，我們要有運動家精神，絕對不能放水。勇爭第三是以前的目標，現在我們的目標是——保三爭一！」

鄭東凱豎起拇指說：「妹子說得好！」

林初宴說：「如果進決賽，對手可能會是沈則木他們那隊，妳也不會手下留情嗎？」

「那又怎樣，就算是親爸爸站在對面也要贏！」向暖說到這裡，目光都變亮了幾分。

林初宴看著她的眼睛和她垂在額前的細碎劉海。他滿想揉揉她的腦袋。

※　※　※

第二天週日，林初宴的麻將和節奏大師進度都比王者榮耀快，這天就要決定最終進入決賽的選手。

「我不想比賽了，我也想和虎哥玩。」林初宴對向暖說。

「不行。」向暖斷然拒絕。「你說過要得第一的，我還在等著你的獎金呢！」

林初宴無奈，只好在學校安分地比賽，眼看著向暖離開。

和向暖一起離開的是沈則木。他和林初宴擦身而過時，林初宴說：「學長真聰明。」

沈則木手插口袋，神態有些閒適。「彼此彼此。」

「我真是越來越喜歡學長了。」

沈則木：「……」媽的。

沈則木還是有點佩服林初宴。別的不說，他惹火人的方法無人能出其右。

※　※　※

虎哥住在學校附近的一間高檔飯店，三人約好在飯店一樓的咖啡廳見面。

向暖聽說虎哥比較害羞，所以今天特意打扮得像鄰家女孩，一看就是好人。不過她自己也滿緊張的，一直小心地跟在沈則木身後。走著走著沒看路，撞到了臺階。沈則木像是後腦勺長了眼睛，一個回身扶住她。

「表哥。」

距離不遠的位子有人叫了一聲，聲音不大。

向暖循聲望去，發現那裡坐著一個男生。男生臉有點圓，一頭黃髮，劉海長得快要遮住眼睛，現在正看著他們。

沈則木帶著向暖走過去，指了指坐著的男生說：「我表弟。」

向暖想也沒想就突然彎下腰。「虎哥好！」

頗有幾分小嘍囉見黑社會大哥的架勢。

沈則木感到傻眼。他可能真的老了，根本看不懂現在年輕人追星的方式。

虎哥好像被嚇到了，也突然站起身，彎腰鞠了個躬。「妳好！」

「你們是日本來的嗎？」沈則木吐槽了一句。

他們也有點不好意思，一起挺起身，對看一眼。然後向暖發現虎哥他……臉紅了？

「妳、妳好。」黃毛少年講話有點結巴。「我叫陳應虎。」

「嗯，我知道，我叫向暖。」向暖說著大大方方地伸出手，和他握了一下手。

陳應虎跟她握手後，臉更紅了。

三人坐下後，沈則木要來了菜單。他翻著菜單，目光卻沒在菜單上，而是在向暖和陳應虎之間逡巡。

向暖發現陳應虎的臉漲得通紅，她覺得很有趣，突然就不緊張了，笑著問道：「虎哥你該不會害羞了吧？」

「妳、妳別誤會，我我、我有女朋友。」

「啊？我沒誤會，虎哥別誤會啊……」

沈則木聽不下去了，視線往陳應虎那邊飄了一下，然後對向暖解釋：「別介意，他有點社交障礙。死宅必備的社交障礙。」

向暖連忙說：「虎哥別怕，我是好人。」

「嗯！」

沈則木扶著額頭。這兩人是怎麼把天聊成這樣的？

服務生站在他身邊問他要點什麼，他滿想幫自己點一杯毒藥的。

陳應虎只是有點緊張。他宅太久了，除了外送員和快遞員，很少和陌生人說話。更何況外送員和快遞員來的次數多了，混成臉熟，也就不是陌生人了。

而且眼前這個女孩據說是他的粉絲？這讓陳應虎更加緊張了……

沈則木找了個話題緩解氣氛。他問陳應虎：「你女朋友最近怎麼樣？」

「滿好的。」

向暖一聽也有點好奇，便問：「虎哥你女朋友是做什麼的啊？」

「修娃娃的。」

「啊？什麼意思？」

「就是……修……娃娃。」

向暖：＝＝

這……把說話速度放慢加個停頓就算解釋了嗎？這解釋也太敷衍了吧……

沈則木說：「妳們女孩子不是都喜歡玩娃娃嗎？芭比娃娃之類的，還有很多別的，我記不住。他女朋友就是在修理這些娃娃的，也幫娃娃做小衣服。」

沈則木很少一口氣說這麼多話。他平常沉默寡言，現在跟表弟一對比，都快變成長袖善舞的演說家了。

向暖恍然點頭。「還有這種事啊？」

「嗯。」陳應虎點頭。

「我第一次聽說可以把修娃娃當工作。你女朋友真厲害！」

陳應虎不好意思地笑了笑。

向暖發現陳應虎竟然有一雙鹿眼。眼睛不算太大，雙眼皮、長睫毛，濕漉漉的，看起來頗為可愛。

可惜他膚色暗黃，眼下發青，下巴上還有青春痘……一看就是經常熬夜，飲食不正常。

向暖從包包裡拿出本子和筆，小心翼翼地看著陳應虎說：「虎哥能幫我簽個名嗎？」

陳應虎點點頭，在本子上寫了自己的大名。

沈則木知道他這個表弟寫字不好看，光看字的話會讓人懷疑他有沒有讀完義務教育。但是現在向暖帶著粉絲濾鏡看虎哥簽名，那感覺又不一樣了。「虎哥簽名真可愛，嘻嘻。」

又來……

沈則木搖了搖頭，把菜單推給向暖說：「你們點吧。」

服務生已經等不下去，去了別桌。

向暖點了一杯果汁，接著把菜單遞給陳應虎，然後說：「虎哥你知道嗎？其實還有一個你的粉絲也超想見你，可惜他今天來不了。」

「是嗎？」

「對喔，他在微信粉絲群組裡，叫『虎哥的法令紋』，你有印象嗎？」

陳應虎茫然地搖搖頭。「沒有。」

「正常、正常。」向暖搔了搔脖子。「他都不怎麼說話的。」

陳應虎摸了摸自己的鼻翼，覺得有點莫名其妙。「我……沒有法令紋。」

沈則木「呵」了一聲，像在看傻子似的看著他們兩個說：「你不是虎哥嗎？頭上有個王字紋？」

「對啊。」

「法令紋是鼻子兩邊的，一撇一捺，怎麼唸？」

「八？」

「那連起來怎麼唸？」

「王、八。」

向暖：「……」林初宴這個混蛋！

陳應虎默默地看著向暖。向暖尷尬得不得了，連忙道歉：「對不起，虎哥，我沒想到他這樣亂搞，我馬上把他踢掉！」

「不用。」陳應虎倒是看很開。「我有很多黑粉。」

向暖知道陳應虎有黑粉。在豌豆TV，只要有點名氣的主播都會有黑粉，成天在彈幕頻道罵人。她作為房管，職責之一就是禁止黑粉說話。

向暖覺得林初宴太過分了，她一定要罵他。

不過現在林初宴正在比賽。算了，等比賽結束再罵吧。

向暖決定先把林初宴踢了，不能容忍這傢伙侮辱虎哥。

但是當她在微信群組裡找到林初宴時，發現他的名片已經改成了「虎哥的小尾巴」。

呵呵……

這時，她聽到陳應虎說：「我今天想去看一個朋友。」

「什麼朋友啊？」

「他今天有比賽，我想去幫他加油。」陳應虎慢慢地適應了氣氛，講話就流暢多了。

向暖有點好奇。「哦？是誰啊？」

陳應虎：「他叫林初宴，也是你們學校的。」

向暖：「……」

沈則木：「……」

第三十三章

沈則木的修養算好的，但是這下也控制不住地有些火氣，質問陳應虎：「你怎麼會認識那個——」他說到這裡頓了一下，把「神經病」三個字硬生生吞回去。「——那個人。」

「我們在網路上認識的，感覺很投緣。」陳應虎很了解沈則木，他覺得表哥的反應有點大。

向暖一聽，非常無法理解。「虎哥你怎麼會和他投緣呢？他……」他那麼壞！虎哥你要擦亮眼睛啊……

沈則木突然想到一件事。「你們認識多久了？」

「一個星期。」

呵呵。

一個星期前，沈則木告訴向暖他跟虎哥之間的關係，並且邀請向暖來跟陳應虎見面。

而那個神經病林初宴用了一個星期的時間，把他的表弟泡走了……不是，拐走了……也不是……

沈則木捏了捏額角，迅速找到一個合適的形容詞：騙。

沒錯，一定是林初宴別有用心地欺騙陳應虎。陳應虎這傻孩子還真的把人家當朋友了。

那一刻，沈則木的感受彷彿自家農地的大蘿蔔被野豬啃了。雖然他不喜歡蘿蔔，蘿蔔也長歪了，但畢竟是自家農地的東西，被一隻精神不正常的野豬啃了，正常人都會覺得不舒服。

尤其那頭野豬和一般野豬不一樣，是全世界最討人厭的野豬，讓人恨不得見一次打一次。

要不是向暖在面前，沈則木一定會好好替陳應虎解釋一下什麼叫「人心險惡」。

但林初宴是向暖的朋友，所以沈則木也就沒說什麼，只是告誡陳應虎：「你和網友認識一個星期就見面，太草率了。」

「我又不是小孩子了。」陳應虎頗不以為然。

向暖也有點難以接受。她見一次偶像就恨不得沐浴焚香，多難得啊。結果呢，林初宴那個傢伙早已和偶像變成勾肩搭背的好兄弟。

只花了一個星期的時間。

這種感覺就像是你勤勉不懈地埋首苦讀到期末，終於考了九十分，卻有人翹課打架不寫作業，最後考了一百分。

人和人的差距啊……

而且林初宴這傢伙根本不老實！他罵虎哥「王八」，能安什麼好心啊？

向暖又為虎哥感到不值。

陳應虎見這兩人表情各異，目光閃爍，就問道：「你們都認識林初宴嗎？」

「嗯。」

「能不能帶我去找他？」

偶像都提出要求了，她還能怎樣呢？

※　※　※

向暖的心情有點低落，說不清是因為什麼而心煩意亂。

沈則木走在她身邊，看她垂著頭像隻打架輸了的小孔雀。他滿想安慰一句，但又不知道該說些什麼，而且他自己也很需要安慰……

陳應虎天真無邪地跟著他們。

他們回到學校，林初宴的節奏大師比賽還沒開始。沈則木想去大會議室，向暖卻帶著他們直接來到電競社的辦公室。

林初宴果然在那裡。

這傢伙正坐在桌邊，戴著耳機閉目養神。白色的耳機線低垂在淺灰色的毛衣上。聽到開門聲，他睜開眼睛看向他們。

向暖和沈則木的目光都帶著點仇視，只有陳應虎旁若無人地走上前問道：「你是林初宴嗎？」

林初宴站起身問：「陳應虎？」

「對啊，是我。」

林初宴笑了笑，拉了身邊的椅子。「你坐這裡，我拿飲料給你。你是怎麼過來的？」

「哈哈，不用那麼客氣……我是走過來的，我離得可近了！」

「可樂可以嗎？我記得你愛喝XX牌的可樂。」

「可以可以，好兄弟。」

兩個才認識一星期的網友搞得像老戰友一樣熱絡。

向暖站在門口沒動。她注視著室內祥和的一幕，用一種懷疑人生的語氣問沈則木：「你不是說他有社交障礙嗎？障礙呢？」

沈則木也有點懷疑人生了。「他平常不是這樣。」

「原來就只對我一個人有障礙啊。」

另一方面，林初宴拿了一瓶可樂給陳應虎，似乎這才想起了門口的兩人，就問他們：「你們要喝嗎？」

「不用。」兩人默默地走進來。

向暖坐在陳應虎的旁邊，問道：「虎哥你怎麼不怕他啊？」

「我也不知道，我看到他就不緊張。」

林初宴樂了。「這叫一見如故。」

陳應虎猛點頭。「對！」

向暖此刻的心情只有「羨慕嫉妒恨」這五字箴言可以形容。

林初宴拔掉手機上的耳機說：「我要比賽了。」

之後他們三人圍觀了林初宴的比賽，沒有人說話，室內不停迴盪著遊戲音效。

向暖覺得氣氛有點尷尬。

陳應虎識貨，他見林初宴點得又快又準，速度還越來越快，卻還能沒有失誤。他不禁低聲驚嘆。

遊戲結束，林初晏成功晉級決賽後發表了一句晉級感言：「一個能打的都沒有。」接著目光一轉，看到向暖的臉都皺起來了，嘴巴又嘟成小金魚。

「怎麼了？」他如此問道，臉上帶著笑意。

向暖瞪了他一眼，沒有理他。

之後林初宴問陳應虎想去哪裡玩，陳應虎說了一個地方。

「我想去老鳳街。」

全中國只要稍微大一點的城市都會有那麼一條街，位在老城區，集結了一些傳統特色，專供外地人遊覽。因為旅遊很耗費體力，每走幾步就能看到賣小吃的攤子。遊客一邊走一邊逛，買一些真特色或者假特色的紀念品。

這條街在南山市叫「老鳳街」。

今天是週末，老鳳街的人格外多。

四個人當中只有林初宴是本地人，所以他當起了導遊。其實他來老鳳街的次數也不多，這裡主要是吸引外地遊客的地方。

天空一直陰陰的，當他們到老鳳街時下起了小雪，空氣冰涼濕潤。

林初宴買了酥糖、糕點等當地特色，遞給陳應虎。「帶回去給家人嚐嚐。」他看陳應虎不好意思拿，又說了：「等我去你那裡玩，你也得招待我。」

陳應虎因此收下了，笑著說：「那我等你。」

沈則木冷眼旁觀，默不作聲。

然後林初宴想買吃的給向暖，向暖嗤之以鼻：「我自己有錢。」

林初宴一臉老父親式的慈祥微笑問她：「妳今天是怎麼了啊？」

明知故問。向暖對他翻了個白眼。

之後他們走進一家紀念品店，向暖挑了很多好看的明信片。店家常年在辦一些活動，就是現場寫明信片給自己此刻想念的人，然後交給店家。這些明信片並不會寄出去，店家會挑選一些貼在牆上，定期更換。

如果被惦記的那一位之後來這裡玩，就有可能看到寫給他的明信片。

感覺還滿好玩的。

向暖和陳應虎各寫了一張，沈則木和林初宴則都表示不參與這種幼稚的把戲。

向暖他們坐在桌旁努力思索要寫什麼。向暖對陳應虎說：「虎哥，我覺得我們兩個才是同類，對吧？」

「嗯。」

陳應虎不愛和她說話，喜歡和林初宴說話，向暖早就感覺到了。要不是因為虎哥有女朋友了，向暖都要懷疑他的性向了。

向暖無意間瞥見陳應虎的明信片，看到他抬頭寫著「可哥」兩個字。

走出紀念品店後，向暖問道：「虎哥，『可哥』是你女朋友的名字嗎？」

「嗯。」陳應虎有點不好意思，點了一下頭。

向暖有點好奇，又問：「那你們是怎麼認識的啊？」

「打遊戲認識的。」

向暖覺得雖說打遊戲時找到對象並非主流，不過對虎哥來說，這好像才是談戀愛最正確的展開方式。畢竟虎哥在現實生活中太靦腆了，跟網路上那個瘋話連篇的形象完全對不上。

其實剛才在飯店的時候，向暖有想過眼前這個虎哥是不是沈則木僱來的演員，目的是哄她開心。

不過她認得出虎哥的聲音。

向暖問道：「那虎哥，你女朋友打遊戲也很厲害吧？」

陳應虎「唔」了一聲，表情大致可以用一句成語來形容——一言難盡。

他不想吐槽女朋友，卻又沒辦法違背良心說她打得好。

沈則木跟那個傳說中的可哥打過一次遊戲，當然陳應虎也在隊裡。那個女孩的技術可以讓所有非男朋友的隊友產生一個共同的想法：希望下次重逢，我們可以當對手。

林初宴笑道：「都靠他一個人的技術帶全隊。」

陳應虎笑了。「沒那麼誇張啦，收斂一點。」

向暖心裡突然冒出一把火，抓起林初宴的手腕說：「你跟我過來。」

「做什麼？」

「過來！」

向暖腳步飛快，林初宴因為腿比她長，走路倒是不太急。他垂眼望著她握在他手腕上的手。向暖似乎真的急了，用的力氣有點大，掌心緊緊擠壓著他手腕上的肌膚。

向暖莽莽撞撞地把他拉進一條小路。小路狹窄且安靜，只有路那頭連著老鳳街的地方不斷傳來人聲。

雪還在下，逼仄蜿蜒的小路上鋪了薄薄一層白，彷彿撒鹽一樣。

林初宴隔著亂舞的雪絲看她，輕聲問道：「妳到底想做什麼呢？」語氣帶有微不可察的輕佻。

然而他低頭時，看到的是向暖充滿憤怒的眼睛。

「林初宴。」向暖咬著牙喊他的名字，因為情緒波動，聲音微微發著抖。她說：「你不覺得你這次太過分了嗎？」

林初宴一怔。「我怎麼了？」

「你怎麼了？你把虎哥當傻子是吧？先罵人家王八，現在又和他稱兄道弟？是不是把人揉圓了搓扁了玩弄於股掌之間，就讓你超有成就感超開心啊？你有那麼多小奴隸，現在又想把虎哥變成你的奴隸是嗎？我看得出來虎哥把你當真朋友，可是你把他當什麼了，你心裡有數！」向暖一口氣說了很多，實在是剛才壓抑太久了。她說完之後更生氣了，瞪圓了眼睛死盯著他，彷彿要用視線在他臉上打個洞。

林初宴聽完神色一黯。「原來是為了這個。」

「對，就是為了這個！」

「在妳眼裡，我就是那樣的人？」他望著她的眼睛，神情有點受傷。

向暖挪開目光不和他對看，也不說話。

林初宴臉上也帶了點賭氣的神色，突然撥了通電話，打開擴音。

『喂，初宴，怎麼了？』電話那頭傳來陳應虎的聲音。

「虎哥，我要向你坦白一件事。」

『喔，什麼事啊？』

「我之前在你的粉絲群組，名片是『虎哥的法令紋』，解讀一下就是在罵你是王八。」

『啊？還真有這回事啊？哇靠，你好過分啊！』

「那是我認識你之前。後來我覺得你是好人，就改了。」

陳應虎被逗得一樂。『算了，原諒你了——哎，不行，你等等。你現在的名片是「虎哥的小尾巴」，那是你吧？』

「是。」

『不還是王巴嗎？』

林初宴：「……」

他還真沒想到這一點。

「虎哥，這次真的是誤會。」

林初宴簡單地跟陳應虎解釋了一下，之後兩人約好見面的地點就掛斷電話了。

陳應虎並沒有生氣。

向暖有點始料未及。這件事就這樣解決了？

「這麼好騙啊。」她小聲嘟囔了一句。

林初宴收起電話，望了她一眼。

「是不是在妳眼裡，我做什麼事情都是不懷好意，別有用心？」

「差不多吧。」

林初宴閉了眼睛，最後是無奈一笑，說道：「我承認我接近他的目的並不單純，但我們之所以會成為朋友，是因為意氣相投。我沒有利用他，也沒有欺騙他。」

「我怎麼都想不通，你們哪裡意氣相投了？」

「我們都是不被人理解的天才。」

「……」向暖不敢領教，冷漠地看著他。「你能不能有點羞恥心？」

林初宴低頭一笑，笑容彷佛早春三月的風，幾乎要將眼前紛紛落落的雪花吹化。

他小聲問向暖：「還生氣嗎？」

向暖對自己剛才發火感到有點不好意思。

「不要生氣了。換我問妳。」林初宴收斂起笑容問：「小奴隸是什麼意思？我有很多小奴隸？」

「該回去了。」向暖看都不看他一眼，轉身就走。

他卻一把抓住她的手腕。

然後她聽到身後傳來林初宴的低語，聲音帶著一點說不清道不明的笑意。「那妳是我的小奴隸嗎？」

第三十四章

向暖身體一頓，緩緩地轉過身，看著他。

雪還在下。兩人之間隔著大概一條手臂的距離，向暖的視線穿過撒鹽似的雪粒，望著林初晏俊秀的臉。

林初宴眨了一下眼睛，目光像溫開水一樣柔和平靜，不冷不熱剛剛好。

向暖有點看不懂了。她輕輕動了一下手臂，抽回手腕，瞇起眼睛。

「林初宴。」她瞇著眼睛叫他的名字，嘴角輕輕一勾說：「你不會是暗戀我吧？」她自己也不確定，所以這句話說得有點遲疑。

但質問的意思很明顯。

林初宴一愣：「啊？」

「我警告你喔，你可不要暗戀我。你要是暗戀我，我就——」向暖想到這個可能性，立刻笑了。「——嘲笑你！」

林初宴一下子笑出聲，低頭望著她說：「妳也太自作多情了。」

向暖也覺得自己想太多，但是剛才有那麼一瞬間，她確實覺得有點古怪。然而要說林初宴說的話，好像也沒什麼大問題？那個詞還是她先提的……

向暖對自己的自作多情有點不好意思。她不再理會林初晏，轉過身走在潮濕積雪的小路上。

林初宴跟在她身後，好像還不肯罷休，拚命逗她：「妳到底為什麼會覺得我暗戀妳啊？」

「追我的人太多了，我草木皆兵不行嗎？」向暖不想繼續這個話題了。「快走，虎哥他們等好久了。」

「那麼——」林初宴只好換另一個話題，問道：「妳剛才為什麼發那麼大的火？」

這是林初宴無法理解的。其實自始至終被捉弄的並不是陳應虎，而是向暖。但是向暖沒有為她自己生氣，反而為陳應虎抱不平。

她為了陳應虎罵了他一頓。

還冤枉他。

「妳真的很在乎虎哥嗎？」林初宴說了。「他可是有女朋友的。」

「喂，你想到哪裡去了啊！」向暖忍不住翻了個大白眼。

自從學會翻白眼的技巧之後，她對林初宴翻白眼的頻率一直在遞增。

「那妳為什麼生氣？說實話。」林初宴步步緊逼，一定要聽到一個答案。

向暖低頭思考，步伐不自覺放慢了一些。她兩手插口袋，無聊地用靴尖踢雪層底下高低不平的青磚。

林初宴的視線全落在她身上。他看著她烏黑髮絲上零零星星的雪粒，心想等一下要買頂帽子。

向暖想了一會兒，說道：「林初宴，我其實很怕你真的是那樣的人，以玩弄別人的感情為樂，騙了別人的真心，然後當笑話看。我……」她說著轉頭向後看著他。

林初宴發現她的眼眶竟然有點紅。

不是為了什麼人，而是為他。

「我滿怕對你失望的。」向暖說了。

林初宴心口一熱，連忙說：「妳放心。」

可能是因為太急於表達，他說話速度很快，三個字被他說得像狂風驟起。

「嗯。」向暖點了點頭，繼續走路。

兩人沒再說話。她在前，他在後，一起走在狹窄僻靜的小路裡，走了一會兒後進老鳳街，重回喧囂。

向暖看到陳應虎買了一把油紙傘卻沒有撐，而是拿在手裡，油紙傘外罩著一層塑膠套。

這年頭，連雨傘都不能弄濕了嗎？

陳應虎紅著臉解釋：「要送人的。」

向暖看著透明塑膠套下那油紙傘桃紅的花色，立刻懂了。

四人繼續逛，但逛了一會兒，沈則木突然接了通電話就要走。

沈則木雖然才大三，不過基本上確定可以保送研究所，已經有碩士生導師點名要他了。目前他跟著導師做些專案。

剛剛就是導師找他。

走之前，沈則木把陳應虎叫到一旁。

有些話忍了半天，他終於還是說了：「你最近和女朋友怎麼樣？」

陳應虎覺得表哥的眼神太令人捉摸不透了，他瞬間有了很不好的猜測，問道：「表哥，你不會給我戴綠帽子吧？」

「不是。」沈則木難得在這種腦洞攻勢下還能撐住。他說：「我希望你們好好的。」

「喔，那你放心，我們滿好的。」

「嗯，如果有男生跟你表白，不要當真。」

「哈哈，那是當然啦。我直播間裡有很多男生喊我老公，都是開玩笑的啦。」

其實不只這些，還有人會說「虎哥操我」之類的，多半也是男生。女孩子會害羞，不太說這種露骨的話。陳應虎可是見過大風大浪的，都一笑置之了。

沈則木點到為止，也就沒再說什麼。

※ ※ ※

林初宴買了三頂帽子。一頂綿羊的給他自己，一頂老虎形狀的給陳應虎，一頂兔子的則是給向暖。

為什麼林初宴會戴綿羊的帽子？因為是向暖幫他選的。

三人戴著這種款式的帽子招搖過市，搞得好像西遊記裡的妖精出來聚會，很是醒目。

向暖解開疙瘩，心情變好了就胃口大開，一路走一路買，吃了很多東西。陳應虎嚐這嚐那的，也吃了很多。

林初宴又買了健胃助消化的藥給他們。

回去時叫了車。因為陳應虎的東西太多，他們先把他送回飯店。到飯店門口，陳應虎要下車時問道：「你們要不要去我那裡玩？我等一下會開直播。」

向暖精神都來了。「我們可以去嗎？」

「當然。我們可以三排[3]。」

「好啊好啊！」

向暖知道她之所以有幸和虎哥一起直播，也是沾了林初宴的光。假如林初宴不在，虎哥不可能會邀請她。

其實陳應虎並非故意有差別待遇。他面對陌生人，尤其是陌生的女孩子會緊張，這是客觀事實；和林初宴一見如故，完全感受不到緊張，這也是客觀事實。

陳應虎目前在豌豆TV混得還不錯，憑自己的本事賺了些錢。儘管這樣的錢他爸媽未必看得上，不過絕對夠他自己揮霍。

所以這次他過來時訂了豪華套房，附會客室的那種。

向暖坐在會客室柔軟的沙發上，突然有點侷促。

「你會緊張嗎？」向暖問林初宴。

他反問：「我為什麼要緊張？」

對喔，他和虎哥是朋友，而自己只是虎哥的粉絲兼房管，地位上是有差距的。

向暖又問：「你一開始接近虎哥的目的，不會就是為了在我面前耀武揚威吧？」

「妳的反射弧可以繞地球三圈，再打個蝴蝶結。」

「你的嘴巴可以毒死一個城市的人，連寵物都不放過。」

兩人鬥嘴的時候，陳應虎已經開好了直播間，抱著電腦走進會客室。「好了。」

向暖坐得離虎哥不遠，因為她想看彈幕。

林初宴坐在陳應虎的另一邊。

三人組好隊，陳應虎問向暖：「妳想玩什麼？」

「我想玩什麼都可以嗎？」

提到遊戲，陳應虎就顯得特別有自信。「都可以，帶妳躺著贏。」

那一刻，向暖覺得他們虎哥會發光。
向暖選了一個輔助裡面最漂亮的——大喬。
大喬和小喬是一對姊妹花，小喬的營養全都長在那顆大腦袋上了；而大喬不一樣，營養均衡，尤其一雙長腿特別美。
向暖只知道大喬漂亮，但用不好，和林初宴、鄭東凱他們打排位時只用過一次，害慘了隊友。
陳應虎平常打遊戲大多是單排，意思是由系統隨機幫你分配隊友，這就比較考驗運氣了。而且傳說這遊戲的系統有一個勝率平衡演算法，如果一個人贏太多，就很容易匹配到地雷隊友，以此來進行平衡。
很多人為了在排位賽中提高勝率，就故意在普通匹配中輸。輸多了，勝率掉下去，在排位中更容易遇見神隊友。
陳應虎單排玩遊戲，遇到的地雷隊友真的是滿坑滿谷，所以他有著非常優秀的應對方法。
那就是——無視。
不要對地雷抱希望，也不要提要求，盡量不要和地雷隊友玩家吵架。因為相較於他們爛到極點的技術，他們的心理素質更加不堪一擊。
這些玩家罵別人的時候都心懷坦蕩、無所畏懼，一旦你回嘴一句，他掛機都算有職業道德了。要是他一言不合就去送人頭給對方，養肥敵人，你就別想贏了。

虎哥什麼樣的地雷沒見識過呢？畢竟全世界最大的地雷就是他的女朋友。

所以向暖表示她玩不好大喬時，陳應虎超鎮定。

林初宴選了李白，陳應虎掃了一眼彈幕，見粉絲們都來了，不少人在刷「選高漸離」，於是他選了高漸離。

陳應虎以李白聞名，但不代表他玩不好其他英雄。事實上，王者榮耀目前出的所有英雄，他都能玩到水準以上。

「我要開麥了。」陳應虎說了一句，意思是現在如果林初宴和向暖講話，他的直播間裡都能聽到。

向暖有點緊張，都不敢開口。

林初宴低頭看著螢幕，只「嗯」了一聲。

進入遊戲沒多久，陳應虎就調換了模式。

沒錯，沉浸在遊戲裡的他話又變多了。

「來啊來啊來追我啊，追上我，我就唱歌給你聽，嘿嘿嘿嘿……」

——高漸離的大招是唱歌，殺傷力超可怕。

「想親我？臭流氓，我是你能親的嗎！」

——虞姬的大招被他如此解讀。

「大哥大哥，誤會啊，我錯了……爸爸饒命，救我……」

——在被人群毆。幸好林初宴的李白及時殺到，向暖的大喬在地上畫了圈，把他送回家。

「啊！射了我一臉。」

——敵方安琪拉的大招掃到他。

他前面胡言亂語，林初宴還能忍，但聽到後面這句，林初宴實在忍不了了，於是開口：

「你別說了。」有女孩子在場。

陳應虎也反應過來，臉都紅了，難為情地傻笑。

向暖倒是沒去解讀陳應虎話裡的歧義，所以她並沒有為此害羞。她只是覺得——好吵！平常看虎哥直播時覺得他多話屬性很可愛，可是真的作為隊友打遊戲，耳邊嘰嘰喳喳地立體聲環繞，她覺得耳朵好像一直被人扯著，沒辦法把所有注意力都放在遊戲上。

突然有點理解當初她在遊戲裡亂講話時，林初宴的感受了。

向暖的大喬一個不小心又死了。她喝了口水，掃一眼筆記型電腦的螢幕。

然後她看到直播間的彈幕突然爆炸了，不知道觀眾們在激動什麼。難道是因為她剛才死亡的姿勢過於美麗？

向暖好奇地湊近一些，看到彈幕的內容大概是：

——哇靠哇靠，誰？誰在我老公身邊？我是不是出現幻聽了？

——我也聽到了！我的天，聲音太好聽了！小哥求多講幾句話！

——媽的，老子要硬了，是誰？

——雖然只是四個字，但是我聞到了寵溺攻的氣息。

——所以我虎哥終於要嫁出去了啊？啊啊啊不行，虎哥你要嫁人，我要當陪嫁！我和你一起伺候我們老公！

——想聽小哥嬌喘的打1。

——11111

——1111111111

——111

——你們別嚇到小哥。小哥你放心，我們是正經人，求求你再說句話。╱(╱╱•╱ω╱•╱╱)╱

——正經人+1。小哥你喜歡男的還是女的？我會PS邪術保證你認不出男女。

——怎麼不說話了？虎哥，他到底是誰？

——剛來，請問發生了什麼事？

「噗——哈哈哈哈哈！」向暖看到笑了。

然後直播間又瘋了：

——啊啊啊還有女孩子！

——怎麼會有女孩子，虎哥我看錯你了，我對你很失望！

——是虎嫂嗎是虎嫂嗎？

——虎哥果然男女通吃。不過姊姊笑聲好好聽啊，她一笑我也笑了。

——是用變聲器吧？

——胡說，不可能是變聲器，這笑聲一點也不做作，變聲器可變不出來。

——姊姊求妳再笑笑。

向暖看到大喬復活了，連忙回到遊戲裡。直播間還在喧騰。

好不容易直播間聽不到他們的聲音，慢慢停歇了，林初宴卻又突然說話了。

這次是因為和陳應虎搶藍 Buff。

「我要藍，我是李白。」

「我要藍，我需要 carry。」

「你看清楚，現在 carry 的是我。」

「不要看戰績，等一下看輸出。我輸出低於百分之三十五，我就叫你爸爸。」

「呵，我有預感要多個兒子了。」

直播間已經沸騰。

三人專注於遊戲，誰也沒去看彈幕。林初宴正在跟陳應虎搶藍，眼看就要打完了，這時向暖突然開了個大招。

大喬的大招俗稱「我叫兄弟來打你」。她往地上畫個大圈，隊友們可以傳送進這個圈裡。

這招是集合團戰的利器。

當然，用不好就是集合團滅的利器。

這時，向暖的隊友當中有一個在挺屍呢。敵軍都集結在她附近，見她放出大招，已經開始在周圍選站位。陳應虎只看了一眼就立刻做出判斷：「打不贏，別去。」

另外一個活著的隊友也做出這樣的判斷。

但是林初宴想也沒想就傳送過去了。

「你幹嘛要送死啊？死一個總比死兩個好，再說她剛才死那麼多次已經不值錢了——」陳應虎的話突然頓住。

他雖然知道林初宴他們鐵定得死，還是忍不住在小地圖上查看戰況。但是，他看到了什麼？

向暖深陷重圍被控住了，林初宴衝進去把自己當坦克幫她擋傷害，一邊透過騷氣十足的走位和技能躲開別的傷害。然後呢？

向暖解控後看到二技能冷卻好，及時在地上扔了個二技能。大喬的二技能俗稱「畫個圈圈送你回家」。她往地上畫個圈，過一段時間後裡面的隊友都可以直接傳送回自家水晶。

這個圈圈來得及時，被打殘的大喬和李白都回家了，瞬間滿血。

「嗚嗚嗚，嚇死我了。」向暖的心還在狂跳。太緊張太刺激了！

林初宴笑說：「別怕。」安慰的語氣有點溫柔。

陳應虎回家補了狀態，順便掃一眼彈幕。

彈幕又炸開了：

——哈哈哈原來如此！天真的我還以為虎哥男女通吃，原來是別人秀恩愛，沒虎哥的事？

——心疼虎哥的打1。

——111111

——11

——111

——我一個單身狗，看個遊戲直播都不放過我？

——我們虎哥眼裡只有遊戲，女朋友哪有遊戲好玩。

——你們怎麼知道虎哥沒有女朋友？搞不好有呢。

——前面的，「搞不好」用得好。

——沒人覺得這個李白操作很騷嗎？要是我，早死一萬次了。

——死一萬次＋1。

——感覺虎哥是專門批發零售大神的。上次那個表哥也超強。

——哥哥姊姊，求求你們多說話。想聽。

——多說話＋1。想吸吸戀愛的酸臭味。

陳應虎眨了眨濕潤的鹿眼，看看林初宴又看看向暖，若有所思。

※　※　※

晚上，陳應虎下播後傳訊息給沈則木。

陳應虎：表哥，原來初宴是你的情敵啊？

沈則木：？

陳應虎：我都看出來了！

沈則木：別誤會。

過了一會兒，沈則木又有點好奇，問了他一個問題。

沈則木：如果我們真的是情敵，你要幫誰？

陳應虎：你說呢？表哥你是我的親人。

沈則木：嗯。

陳應虎：我選初宴。(＞－＞)V

沈則木：……

他有點累了。

3　三排：指三名玩家組隊參加排位賽，由系統匹配另外兩名隊友玩家。另有單排、二排等，以此類推。

高寶書版集團
gobooks.com.tw

YH 031
時光微微甜〈上〉
作　　者　酒小七
責任編輯　陳凱筠
封面設計　Ancy pi
內頁排版　賴姵均
企　　劃　方慧娟

發 行 人　朱凱蕾
出　　版　英屬維京群島商高寶國際有限公司台灣分公司
　　　　　Global Group Holdings, Ltd.
地　　址　台北市內湖區洲子街88號3樓
網　　址　gobooks.com.tw
電　　話　(02) 27992788
電　　郵　readers@gobooks.com.tw（讀者服務部）
　　　　　pr@gobooks.com.tw（公關諮詢部）
傳　　真　出版部(02) 27990909　行銷部 (02) 27993088
郵政劃撥　19394552
戶　　名　英屬維京群島商高寶國際有限公司台灣分公司
發　　行　英屬維京群島商高寶國際有限公司台灣分公司
初　　版　2021年 4 月

本著作物由北京晉江原創網絡科技有限公司授權出版。

國家圖書館出版品預行編目(CIP)資料

時光微微甜 / 酒小七著. -- 初版. -- 臺北市：英屬維京群島商高寶國際有限公司臺灣分公司, 2021.04
　面；　公分. --

ISBN 978-986-506-063-3(上冊：平裝). --
ISBN 978-986-506-064-0(中冊：平裝). --
ISBN 978-986-506-065-7(下冊：平裝). --
ISBN 978-986-506-066-4(全套：平裝)

857.7　　110003991